銀娜的旅程

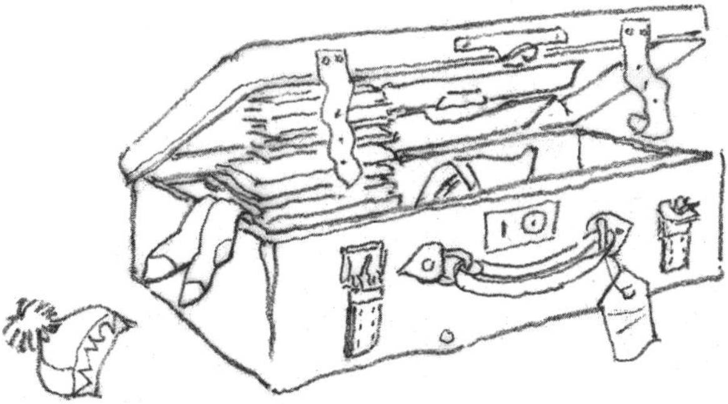

洪素珊Susanne Hornfeck◉作

馬佑真◉譯

Ina aus China

oder Was hat schon Platz in einem Koffer

認同三部曲——1

目錄
Contents

Contents

目 錄

回憶

1955年｜台灣・台北

女郎側身擠過群集的攤販，好奇的環視著騎樓下熙來攘往的街景，沒有人回頭多看她一眼。這氣味、這喧鬧、這說話的口音，彷彿都來自隱約遙遠的夢境。女郎站定在一個攤子前，那是一輛載貨的三輪車，兩口大鍋爐，架在載貨台上，鍋內有許多乒乓球般大的白色丸子，正在滾水中上下跳躍，載浮載沉。小販不時吆喝著：「熱湯圓，好吃的熱湯圓！」

「湯圓！」——從無法辨識的叫賣聲中，兩個音節突然「脫穎而出」！一瞬間，女郎彷彿又回到當年那個讓劉媽牽著小手的女孩，正享受著那一口咬進白色香軟糯米皮，甜膩熱呼的芝麻餡一下子湧入舌間的幸福感覺。腦海中浮現的畫面，饞得她幾乎流下口水，她自然而然的衝口而出。

「請給我五個。」女郎一邊說一邊用手指著湯圓。

小販客氣、簡短的問了句話，然後看著她，等她回答。

女郎聽不懂。她不知所措的站在原地，眼光在兩鍋湯圓和小販的眼眸之間來回搜尋。

又是一連串難解的字句。湯圓小販用手指指這鍋，又指指另一鍋。

女郎無奈的聳聳肩，但突然間，她明白了老闆的意思：有兩種不同的餡兒！

「這，三個，那，三個！」伊娜邊指邊回答。

小販微笑著，分別從兩口鍋中各撈出三粒湯圓，盛入大碗，加滿熱水，再灑上一撮混著細碎乾燥花瓣的糖粉，一股熟悉的香味撲鼻而來。是桂花！天啊，已經有多久沒有聞到桂花香了！女郎腦海中馬上浮現了一幅景象：花朵盛開的灌木叢，夾道簇擁著後院的曲折小徑，細緻的小白花散發著誘人的香氣。小販充滿期待的眼神，將女郎拉回了現實，她還沒付錢呢！

女郎遞給老闆一枚銅板。小販在找錢的時候，對她說個不停，她唯一聽得懂的字眼就是「為什麼」。

是啊，為什麼？想吃甜食的興致消了。女郎以為早知道，什麼感覺叫做「陌生」；她以為，如今重回同胞的身邊，一切都會成為過去。不料，年紀輕輕的她，竟然又再次經歷「有口難言」的窘境，這一次，甚至連聲調都掌握不了，因為每個中文音節，都有四種不同的聲調，四種不同的意思。當年，她七歲就獨自到德國，丹鳳眼、黑頭髮，明明白白對眾人宣告：我是外國人，我來自另一個國度。這兒對我來說全然陌生。所有人看在眼裡，顧念她的處境，跟她說話的時候，總是特別慢、特別清楚。再加上她當時還小，適應力強且接受度高，很快就克服了語言障礙；但現在在這兒，她看起來和別人沒有兩樣，一樣的眼睛，相同的髮色，沒有人會顧慮到她溝通上的困難。

「身在家鄉為異客」要比「身在異鄉為異客」難受多了。自從幾星期前踏上了台灣這座小島，這感受就一日比一日深刻。曾如此熟悉的語言，現在竟成了全然陌生的外語。而總是想著當年的上海老家，也只是徒增煩惱，毫無意義，因為那裡已經回不去。

女郎想：在我的生命當中，總是有什麼地方不對勁。沒有歸屬，哪裡是家？到底還有沒有一個地方對我來說，叫做「家鄉」？

為什麼？為什麼？這問句不停在她腦海中盤旋。戰爭，都是戰爭的緣故。但故事其實是從一個書包，一個小學生背在背上的書包，就已經開始了。那時在上海，當世界還是一切如常，當伊娜（Ina）還是銀娜——那個眾人眼中閃閃發光的小姑娘時，故事就開始了……。

老家

1937年5月 | 上海

「討厭，又下雨了！」

銀娜用不著打開窗戶探頭看，就知道外頭下著傾盆大雨，一大早她就被屋頂上打雷般轟隆作響的雨聲給吵醒。劉媽還沒來敲門叫她起床，小銀娜躺在床上享受著意外獲得的冥想片刻。

上海的初夏，除了濕熱的雨季，沒有什麼好期待的。但綿綿不絕的大雨也有好處，讓銀娜可以坐黃包車上學，用不著一路走到公共租界。銀娜上學的地方稱不上真正的學校，只是一群來自歐洲的修女，在教會總部利用一棟側樓的空間，為中國及外國孩子所設置的學齡前學校。孩子在那兒學唱歌、玩遊戲、畫畫兒，也用大算盤學簡單的加減法。上課之前，大家一定一起做早操！

今天這場大雨對小銀娜來說，下得正是時候。因為今天她要背著新書包去學校給同學看。這個新書包是堂姊剛從德國給她帶回來的。銀娜的堂姊在德國念高中，並且通過了畢業考試。德國的高中畢業考叫做「成熟考」，中文的字面翻譯聽起來有點兒好笑。銀娜每次都會想到那些在市場上買水果的女傭和主婦，在芒果堆中反覆挑選個不停，好從當中挑撿出最好、最成熟的果實。美華堂姊（在德國被稱為瑪爾塔）現在來到了上海，要在她叔叔家先住上一陣子，等在德國申請的獎學金下來了，再去讀大學。

一想到新書包，銀娜在床上可待不住了。沒等到劉媽來叫她，自己就先起床穿衣。每天該穿什麼衣服上學，劉媽前一晚就擺好了。學校沒規定低年級的小朋友要穿制服，銀娜快速套進那件無袖的夏天裙裝，梳了梳妹妹頭劉海，就三步併做兩步的跑下樓，直衝進廚房。

廚房是劉媽的地盤，她和女兒寶寶一起住在陳家。劉媽是陳府的管家，也就是說，她負責燒飯、帶孩子等一切事情。以她現在的情況來看，也有點兒「保姆媽媽」的味道，就像她的稱呼一樣：劉——媽。銀娜的母親在生下這唯一的女兒之後，就難產過世了。

「劉媽，妳跟車夫說好了嗎？」銀娜連早安都還沒道，就忙不迭的問。「我今天不能走路上學，因為新書包會淋濕。今天我要背去給同學看，沒有人跟我有一樣的噢！」

「慢點，慢點，不要急。今天是怎麼了？平常早上怎麼叫都不起床的人，今天為了那個奇怪的包包，居然自己起來了啊？現在先給我好好吃早飯，黃包車十五分鐘左右就會到了。」

劉媽有個親切的大圓臉，一張大嘴裡滿是壞牙，還有兩隻像菩薩一樣的大耳朵。「耳垂大有福氣。」劉媽說。銀娜卻猜測，耳垂這麼長，也可能是因為劉媽一直帶著一副很沉的翠玉耳環。劉媽總是把一頭黑髮梳得光亮，盤成髮髻，為了讓髮髻不要顯得太小，她會將幾綹假髮一起編結進去。她的衣服終年只有一式一樣：一條寬鬆黑棉褲，搭配一件有著大口袋、側邊開襟盤扣的罩衫。劉媽來自上海北邊的農村，說著一口奇特、坑坑疤疤的方言，銀娜每回聽都忍不住偷笑。當然，是偷笑！沒有人敢笑劉媽，在這個沒有女主人的家裡，她的地位極重要。劉媽有兩道濃眉，當有什麼事不如意時，一道深深的皺摺就會出現在塌鼻子上方的兩眉之間。

劉媽正站在爐邊為銀娜準備中午的飯盒：她細心的先在盒底鋪上白飯，再在飯上添上紅燒雞塊和蔬菜。早餐已經擺好在桌上：地瓜稀飯、醬菜和鹹酥花生。

劉媽把飯盒蓋好，扣上兩旁夾扣，再用橡皮筋把一雙筷子固定好在飯盒上，轉身問銀娜：「要我把飯盒放進妳那個什麼『東西』裡去嗎？」

「那不是什麼奇怪的包包，也不是什麼『東西』，那是我的德國新書包！」小銀娜一面解釋，一面接過飯盒，今天她要自己裝書包。銀娜不像以往那樣把上課用具放進布縫的側背舊書包內，而是小心翼翼扳開那兩個閃閃發亮的扣環，把新書包蓋打開，然後將算盤、計算紙和彩色筆等放進深藍色的皮製書包。

她得意、驕傲的撫摸著左右兩條肩帶，神氣、炫耀的背著書包在廚房裡踱著方步。劉媽把要給車夫的錢塞進小銀娜的手裡，向她揮手道別。

「好好上學去，阿肥，要小心啊！」雖然銀娜早就不再像小時候那樣胖嘟嘟的，但對劉媽來說，她始終是那個小胖娃「阿肥」。

每天早上沒有媽媽送她上學，小銀娜有時候已經夠委屈，更糟糕的是，在外商大銀行上班的爸爸，因為鎮日忙於工作，也很少有空陪她。幸好還有劉媽，這位心地善良、老實可靠、成天嘮叨不停的老傭人，需要她的時候，她一定都在。銀娜很快再次轉身對劉媽揮揮手，然後沿著花園小徑向大門跑去，新書包在她背上一掀一掀的跳躍著。

銀娜和家人住的房子，是上海法租界最大的花園洋房之一。劉媽和寶寶的房間位於廚房旁邊加蓋的屋子裡，從她們的房間可直接通到中庭的院子。劉媽會在院子裡清洗全家的衣服。從洋房到面對大街的正門之間有座小花園，花園中石頭小徑的兩旁，種滿了香氣四溢的桂花。

黃包車已等在大門外，小銀娜把錢交給老車夫後，便一頭鑽進張著防雨麻布車篷的後座，車夫拉起車杆，這就上路了。

穿過幾條小巷，他們轉進法租界的主要幹道之一——虞洽卿路[1]。確切的說，上海是由三個城區所組成，從十九世紀中葉起，來自世界不同國家的「洋鬼子」就在上海定居，他們建造起屬於自己的住宅區和商業區，擁有自己的法律、自己的警察、甚至連電壓都各自不同。每個地區的建築都是按照其祖國家鄉的風格而建。在法租界，街道兩旁種的就是法國梧桐；英國及美國租界合起來叫做公共租界，在那兒有跑馬場和黃浦江畔最寬闊的河岸大道——外灘，大道上聳立著最現代化的銀行大樓、豪華旅館和船運大廈。銀娜的爸爸正是在其中的一棟銀行大樓內上班。

除了租界區以外，當然還有城隍廟所在的中國城和其錯綜複雜的小巷。不管怎麼說，整個上海基本上還是一座中國城，到處都是販賣可口熱食的小攤販，街道上林立著五花八門的中文招牌。

銀娜還看不懂招牌上的方塊字，畢竟她才剛滿七歲，就讀的學校還沒有教認字寫字，他們只是先練習基本筆畫，用手指在空中比畫。如果一開始就用筆墨紙硯練習，恐怕每天都是一場「抹黑大戰」！

銀娜坐著黃包車到了虞洽卿路和愛多亞路交會的路口，通過路口就進入了公共租界。一名黝黑，纏著頭巾的男子正在指揮交通，車夫必須停下等候。一陣陣刺耳的樂器吹奏聲從對街傳來：有人出殯！出殯隊伍正通過十字路口，死者的家人披麻戴孝，法師有的穿著橘色、有的穿著黃色法袍，伴著棺木在城裡做最後巡禮，隊伍會繞行街頭巷尾，好讓惡鬼無法找上死者。銀娜趁著等候的空檔，正好仔細瞧瞧那矗立在路旁的娛樂中心「大世界」。在那棟大樓裡有餐廳、舞廳、戲院、賭場及其它專供成人消費及消磨時間的地方，小銀娜當然沒有進去過，卻常聽大人談起。那高聳的塔型建築和醒目的彩色廣告看板，任誰都不會認錯。終於纏頭巾的大高個兒向他們招手了。那是個錫克人，在英國警局任職的印度員警，維持著公共租界的法律與治安。上海是個不折不扣，集結了多種民族和建築的國際都市。

陳家早就是個接納外國文化的開放家庭，所以小銀娜才會去上修女辦的教會學校。在學校裡她叫伊娜．陳（Ina Chen），「伊娜」這個德文名字是爸爸特別為她選的，因為聽起來和她的中文名字「銀娜」很像——銀娜，一個銀光閃閃的小女孩。

因為等候送葬隊伍，在十字路口耽擱了很久，銀娜到學校時已經晚了，她背著新書包跑過空曠的操場，全班同學已經在教室裡做著早操：「一二三四、二二

1 虞洽卿路原名西藏路（Tibet Road），後為慶祝富商虞洽卿七十歲生日，自一九三六年起更名為虞洽卿路，是公共租界內唯一一條以華人命名的街道。一九四三年改回西藏路原名，一九四五年更名為西藏中路至今。

三四……，手臂向前、膝蓋彎曲……」，沒有人注意到她和她的新書包。好，那就等到中午休息再「獻寶」吧。時間過得出奇緩慢，修女念著《二十四孝》的故事，講的全是些模範乖寶寶，做的盡都是討父母歡心的事。今天輪到吳猛上場，吳猛家境十分窮困，連一床蚊帳也買不起，所以小吳猛每天在全家就寢前，脫光了上衣躺在床上，讓饑渴的蚊子先吸飽他的血，這樣父母睡覺的時候，就不會被叮咬了。光是聽修女講故事，銀娜便全身都不由自主癢了起來。還好在她家，人人有自己的蚊帳，窩在掛著蚊帳的床上，就好像躲進一座可對外透視，卻被安全防護著的城堡，惱人的蚊子一步也別想侵入。

午休時間終於到了！修女收集好學生的飯盒，放進蒸籠去蒸，在蒸便當的這段時間，孩子們可以去操場玩。雨停了，雖然只是去小操場，銀娜卻刻意背起了書包，當然馬上引起了騷動。

「嘿，伊娜，妳那是什麼啊？讓我們看一下吧！」

「哇，妳把上課用的東西都放在裡面嗎？那是妳的新書包嗎？」一個小女孩一邊問，一邊驚歎的輕觸著那閃亮的皮革。

「看起來真是不錯耶，妳是從哪兒弄來的啊？」

正當銀娜想要告訴大家，這可是貨真價實的德國書包時，有個男孩突然用手指著銀娜，並大聲喊著：「看啊，看啊！日本鬼子，日本鬼子！」

銀娜愣住了，他在講什麼啊？被人叫做日本鬼子，恐怕是天底下最嚴重的一件事了，因為日本是侵略中國的敵人，已經占領了北方。他怎麼會這麼想呢？是因為書包嗎？但書包是從德國來的呀！那個討厭的男孩其實只想要惹銀娜生氣，不想讓她出鋒頭罷了。銀娜感覺到自己的臉愈漲愈紅，她想解釋，但被其他孩子的哄鬧聲壓了下去。原本引以為豪的書包，現在反而成了奇恥大辱。突然間她就多了個外號，「日本鬼子！日本鬼子！」大夥兒一窩蜂的起哄，喊得津津有味。終於，修女叫大家吃飯了，銀娜飛快的把書包藏到書桌下。

放學回家的時候，銀娜不再把書包背在背上，而是羞愧的提在手上。早上送她來上學的黃包車已等在門外。在回家路上，她故意讓書包滑進座椅和收放車篷的夾縫中，這可是要等到不再下雨，車夫要將篷頂收起來的時候，才可能發現書包。但是現在正逢雨季，等到書包再見天日，恐怕車夫也早就不記得，這書包和他接送過的小女孩有什麼關連。小銀娜自以為解決了問題，輕鬆的在家門口跳下了車。

一如往常，銀娜放學回家後，總是先到廚房找劉媽和寶寶。這時候劉媽正在後院裡，叉開雙腿蹲坐在小矮凳上摘洗蔬菜，爐灶上煮著的晚餐，散發著陣陣香氣；和銀娜同年的寶寶則在院子裡練習踢毽子。通常銀娜見到她們，馬上就會打開話匣子，嘰哩呱啦開始講起學校發生的事。今天，小姑娘卻異常安靜，就連平日她最喜歡一起嬉鬧、一起瘋的寶寶，也沒辦法逗她開心。

「喂，妳猜我今天踢了幾下？」寶寶語帶挑戰的對銀娜喊著，還搖了搖手中的毽子。

「今天妳在學校的時候，我練習了好久。有一次連踢了二十下！怎麼樣，要不要比一比啊？賭妳一定踢不了這麼多！」

「沒興趣。」

「怎麼啦？妳不舒服啊？」

小銀娜沒回答，只是拉過另一張小凳子坐下，托著腮幫苦思起來。她不明白為什麼學校的男孩要因為書包嘲笑她！真是太惡劣了！一個德國書包到底跟日本人有什麼關係？在學校她不敢問修女，不過爸爸一定會告訴她為什麼的。但，爸爸呢？當然又不在家，需要他的時候，他總不在家。只有堂姊美華在，但她又知道什麼，她剛剛才從德國回來啊。哎呀，美華姊！銀娜要怎麼跟她解釋書包不見了——而且最好是永遠不見了！她壓根兒還沒有想到這一點。慘了，這下麻煩大了，美華姊一向又凶又嚴厲，而且書包沒了，裡面的東西也沒了，還得要爸爸再買新算盤、寫字用的筆和便當盒。也許搞丟書包，並不是什麼好主意。

美華在德國念書的時候，住在一位「家教甚嚴」的德國太太家裡，當初她在那個家裡學到的生活習慣和「領教」到的規矩，現在都想在銀娜身上好好試驗一下。美華將來準備當老師，這個從小就失去母親的小堂妹，正好可以做為實習對象。她可以盡情對銀娜發號施令，再說家庭教育本來就不應該假他人之手，尤其是假下人之手！譬如美華就堅持不可以讓孩子在廚房逗留，因為廚房的灶火和燒煤的廢氣，有損孩子的健康；還有劉媽那把剁蔥的大刀、那口裝滿沸水煮著餃子和芝麻湯圓的大湯鍋，對一個小女孩來說都太危險了。除此之外，劉媽給住在小神龕裡的灶王爺和銀娜吃的各種甜食，不僅對牙齒不好，而且根本就是迷信——至少美華是這麼堅持的。

小銀娜可不這麼想。劉媽在廚房裡擺設的神龕，是間有趣繽紛、點著兩盞紅燈的小房子，供奉著一尊小小的、穿著五彩花袍、長著鬍鬚的木刻灶王爺，坐鎮在小房子裡，觀察廚房發生的一切。劉媽告訴銀娜，每年春節前夕，灶王爺會回到天上，向玉皇大帝報告陳家廚房這一年來的情況，如果想要防止灶王爺告狀，譬如有鍋子沒洗啦、有蟑螂、老鼠造反啦……，就得給灶王爺的嘴抹上好吃的甜食，封他的口。小銀娜完全了解箇中道理，因為她也極樂意讓自己的嘴巴，以這種「享受」的方式封口，至於牙齒會怎麼樣嘛，她從來還不曾關心過。

劉媽還會講恐怖又好聽的鬼故事，譬如狐狸精變成美女引誘書生，結果讓他身敗名裂，或者是麒麟傳說。麒麟是一種傳說中的動物，鹿頭牛尾，全身長滿魚鱗，額前長有獨角。銀娜知道麒麟的長相，因為劉媽有一隻玉麒麟，用細絨紅繩穿著掛在胸前。劉媽告訴銀娜，麒麟是吉祥的動物，會帶來好運，象徵多子多孫。此外，她還教銀娜玩猜拳，每次銀娜和寶寶都會玩得開心到大聲笑鬧不已。

美華至今並沒有嚴格執行她在陳府的各項規定，包括不准在廚房逗留的禁令。當她出門買東西，或是在房裡看書、聽音樂的時候，銀娜還是照樣溜進廚房找劉媽。但是今天，因為遲早要面對「書包遺失事件」，她不想再惹是生非，讓堂姐生氣。

「怎麼樣？我們到底比不比呀？」寶寶繼續追問著。

「我看我還是上樓回房去吧。」

銀娜才剛剛窩到床上，抱著柔軟的被子想把「書包事件」拋在腦後，美華就走進房間來了：劉海梳得整整齊齊、一絲不苟，高挑的身材穿著硬挺的襯衫和燙得線條筆直的百褶裙，她當然沒有忘記送給小堂妹的禮物。最要命的是，銀娜告訴她了，今天要背新書包去學校獻寶。

「今天在學校怎麼樣啊？銀娜？同學看到妳的新書包，都怎麼說啊？」

銀娜支支吾吾，沒有直接回答。

「我覺得，我好像把書包掉在黃包車上了。」小堂妹說得結結巴巴。

「什麼意思叫做『我覺得』？」

「就是，就是因為下雨嘛，所以車篷撐起來了啊，所以書包可能就滑到座椅和收車篷之間的夾縫裡去了。反正到家時，它就是不見了。」

「難道妳就沒有問車夫一聲嗎？」

「他那時候早就已經走啦，當我想起來要找書包時，已經進屋了。」銀娜試著解釋。

「妳倒好啊，是沒帶腦袋嗎！對自己的東西就不能小心點嗎？我大老遠的又坐火車又搭船，好不容易才把書包給妳帶來，而妳竟然就這麼忘在黃包車上！妳知道這樣一個書包有多貴嗎！」

銀娜避開美華憤怒的眼神，她不想提學校發生的事，被同學叫成「日本鬼子」實在太嚴重了，才從德國回來的堂姊是不會懂的。

「怎麼會有妳這麼不知好歹的人！」美華氣得繼續大罵，也虧她在德國所受的教育，馬上就想到了處罰方式：關禁閉。「今天妳給我待在自己的房間吃飯，聽到沒有？花點時間好好想想該怎麼愛護自己的東西。還有，妳給我小心，不要讓我再在廚房逮到妳。告訴妳多少遍了，那兒不是妳玩耍的地方！」

怒氣沖沖的美華重重的摔上門，拂袖而去。

可惡！討厭！她知道什麼呀！先是被大家嘲笑，現在又被關禁閉，全都是因為那個什麼德國爛書包！她以為她是誰啊？從德國回來卻在這兒發號施令，好像她就是這個家的女主人似的！所有的事都不公平、不公平、太不公平了！

小銀娜蜷曲在床上，一個人生著悶氣。自從美華來了以後，一切都變了，都跟以前不一樣了，只有爸爸還是依舊……不在家。幸好還有劉媽跟自己是一國的，那個討厭的堂姊絕對拆散不了我們。

過了半個鐘頭，有人輕輕敲了敲門。劉媽端著一碗深紅色、黏乎乎的東西走了進來。是八寶粥，用糯米加上紅棗、花生、蓮子等八種乾果，再摻上很多很多紅糖一起燉煮而成的甜粥，濃稠甜膩、營養豐富、充滿安慰，最適合給愛在背後告狀的灶王爺和滿腹委屈的小女孩吃了。

「來，阿肥，喝吧！」

劉媽的愛就是這樣，讓她的胃也暖了起來。

當窗外暮色低垂，爸爸也下班回家了。不一會兒，那張熟悉、髮線分明、戴著一副圓眼鏡的臉，出現在銀娜半開半掩的房門口。

「怎麼了？」他一邊問一邊在床邊坐下。「為什麼躺在床上呢？可別是生病了吧？」

小銀娜抽咽著撲進爸爸懷裡，傷心的訴說著一天來受到的委屈——終於可以問那個困擾她一整天的問題了。

「爸爸，為什麼那男孩要叫我『日本鬼子』呢？」

「他那麼叫妳當然太不應該了，」爸爸安慰著，「但要說他亂叫卻也不太公平。妳知道嗎，日本人在十九世紀末的時候，有一次全盤的『西化運動』，他們除了學習普魯士的軍事制度以外，還把德國人的學校制度，連同他們所背的書包，通通照樣學了去。所以日本是亞洲唯一跟德國一樣的國家，所有小學生都是背著那種後背式皮製書包去上學。」

「但我不可能再背那樣的書包去學校了啊。你知道嗎，爸爸，我真的好生氣，好生氣，所以故意把書包忘在黃包車上了。你會生我的氣嗎？」

「不要擔心了，我的小寶貝。妳不想再看見那個書包是可以理解的。誰希望被人罵做『日本鬼子』呢。我了解妳的感受。但是美華不一樣，她當然很失望，因為她完全是為了讓妳開心才特別送妳書包。我會好好和她談談，跟她解釋清楚的。我們明天去給妳買新算盤、鉛筆和鉛筆盒，還有其他用具，妳再把所有的東西放回舊書包裡去。好了，現在下樓吃飯，吃完飯我們倆再來玩一盤骨牌。」

「那我的飯盒怎麼辦呢？」銀娜一邊爬出被窩一邊問，但是爸爸已經走出了房門。

在育幼院

1937年夏天｜青島

「小漢斯，獨自行，勇敢向前探險去，
杖在手，帽在頭，歡喜不遲疑。
可憐媽媽淚洗面，
不捨漢斯將去遠，
寶貝兒，別忘記，盡速返回家。」[1]

銀娜和其他孩子一起大聲唱著德國兒歌，在這兒她的名字叫伊娜。

「唱的真好啊，伊娜，」阿德海修女誇獎她道，「妳是在哪兒學的這首德文歌啊？」

「我們在上海的學校也唱這首歌！」

隨著上海的夏天一日比一日炎熱，爸爸的眉頭也愈加深鎖。大人口中談論的話題，除了政治，還是政治。終於，七月初傳來了最令人憂心的消息：在北京附近，中國和日本的部隊交鋒了！

「這表示戰爭開始了，」爸爸說，「不久這兒也會遭到日本人攻擊，因為上海是中國重要的港埠。到時候這裡也不安全了。」於是爸爸和學校的修女商量好，讓銀娜暑假到青島一家同樣由這所修道院主辦的育幼院，參加夏令營。

「在那兒妳可以到海裡去游泳，還可以跟其他小朋友一起在沙灘上玩兒。」爸爸哄著小銀娜。「夏天在海邊要比在大城市舒服得多，在青島一定會有個很棒的暑假。等到中秋節，妳就可以回上海了。」

秋天的第二個滿月，通常是在九月中，家家戶戶會到郊外去野餐，籃子裡裝滿了好吃的東西，尤其是圓圓的、包著各種餡兒的月餅。大夥兒到公園或適合賞月的地方，一起欣賞一年之中最大最圓的滿月，想念不在身邊的親人或朋友。

爸爸這麼說可真不是什麼安慰，因為距離中秋節還遠得十萬八千里呢。銀娜生氣的想：為什麼日本人總要跟我過不去？我到底跟他們有什麼仇？

在銀娜啟程去青島前，上海氣氛和以前不一樣了。大人們顯得異常緊張，每天搶著閱讀街角報童手上，剛從印刷廠送來，還熱呼呼的報紙。當劉媽為銀娜打包夏天衣物和沙灘戲水的玩具時，可一點兒也沒有像是去度假的歡樂心

1 德國兒歌 Hänchen klein《小漢斯向前行》，旋律即為中文的《小蜜蜂》。

情。大環境的不安與動盪感染著每個人，分離變得困難起來。要和美華道別不難，但要和爸爸、劉媽還有寶寶道別，就沒那麼容易了。終於到了出門的日子，小銀娜再也忍不住，什麼勇敢、堅強，再也裝不下去。她抽咽著，緊緊纏在劉媽身上，劉媽也淚流滿面的緊抱著她。臨上車的那一刻，劉媽把一塊小小硬硬的東西塞到銀娜潮濕的小手裡——是那隻繫著紅繩的翠玉麒麟，熱熱暖暖的，還帶著劉媽的體溫。

眼淚改變不了什麼，爸爸開車帶銀娜出發了。他們穿過擾攘的市區，一路向火車站開去。銀娜從沒見過上海市內如此紛亂不安。他們經過銀娜每天上學的必經之路，只是這次不是任由銀娜漫步而行，也不是愜意的坐在車夫拉著的黃包車上；今天是以異於平常的速度，坐在銀行的公務車上飛馳而去。車窗外，閃過街角賣臭豆腐的老闆、賣烤甜薯的大娘、德國糕餅店擺滿甜點的櫥窗、矗立在十字路口的塔型建築「大世界」……。

在火車站，爸爸把行李交給了同行的修女。銀娜不是一個人，還有很多中國小孩和外國小孩都在月台上跟父母道別。大家都想趁日本還沒有攻擊上海之前，把孩子送到安全的地方去。整列載滿孩子的火車，就要向青島出發了。

「再見了，我的小寶貝。」爸爸把小銀娜抱起來，緊緊擁在懷裡。「很快妳就會回來的，我們再像以前一樣，中秋節的時候一起去野餐。」

當火車緩緩起動，銀娜早已淚眼模糊，幾乎無法辨識爸爸那穿著夏天淺色西裝的高大身影，只看見那頂圈著黑色帽圍的遮陽草帽，不住在他的頭頂揮舞著。

爸爸這次又說對了，青島真是個讓人驚豔的城市！看起來就像美華從德國寄來的風景明信片一樣。住慣了喧鬧忙亂的上海，銀娜覺得自己好像一下子到了玩具小鄉村。紅瓦白牆，牆上交錯著黑色橫木的火車站，看起來就像娃娃屋。上海雖然也有很多外國建築，但這兒真讓人有彷彿身在德國之感。當然，這是因為青島直到一九一四年都是德國租界。小銀娜對「租界」這個名詞還沒有辦法了解，育幼院裡有幾位德國修女，這麼解釋：在這個世紀初，有很多德國人來到青島生活，蓋了很多和他們家鄉一模一樣的房子。要不是因為還有很多黑頭髮的中國人走在街上，兩邊商店的招牌都是熟悉的方塊字，真讓人不敢相信，這兒其實是在中國。最讓銀娜印象深刻的是那些教堂，高高的尖塔和大大的時鐘，簡直像從修女所唸的童話故事中跑出來的，活脫脫的站在眼前。

當然，還有大海。上海雖然位在黃浦江入海口附近，是個連遠洋貨輪都能開進停泊的大港，但和遼闊無邊的大海相較，完全是小巫見大巫。育幼院位在奧古斯特・維多利亞海灣內，面對著沙灘。海灣是依一位德國女皇的名字命名的。從育幼院看出去盡是一望無際的大海，無邊無際的感覺，甚至會讓人感到不安。海的盡頭有所謂的「彼岸」嗎？那些時而出現在海天交界，沿著地平線航行的巨大郵輪，真能到達得了目的地嗎？

在沙灘上玩耍、撿貝殼或是在淺水窪戲水，感覺可真棒。夏天徜徉在海邊，享受碧海藍天，可比窩在上海，每天汗流浹背，要愉快多了！沒幾天銀娜就曬得像小黑炭似的。要是劉媽瞧見這副模樣，可要不開心。劉媽總是說，只有農夫和車夫才在外頭任憑烈日曝曬。女孩兒家，皮膚要白才漂亮，才高貴，要保養美白，就要盡量遠離太陽或撐把陽傘。然而，修女可不這麼認為，「出去、出去、統統到外面玩兒去！」修女每天早上都這麼說，小銀娜跑得可快了，絕不讓她們有機會說第二次。不過在出門前，修女總是規定要先喝一杯溫熱的牛奶，因為她們認為，那對身體好。但光是聞到熱牛奶的味道，小銀娜的胃就要造反，更噁心的是，牛奶變涼時候結在表面上的那層皮，每次喝都會黏在喉嚨裡！

除了要求喝熱牛奶這件事，外國修女都非常和藹親切。而且很幸運的，不管她們來自哪個國家，多多少少都會說些中文。唯有在臨睡前，銀娜有時候會有點想家，想著不知道爸爸、劉媽和寶寶正在做什麼。然後她會靜靜的一個人和掛在手腕上的麒麟玩一會兒，才漸漸入睡。由於她常在沙灘玩耍，再加上海水浸泡，拴著麒麟，打著漂亮中國結的紅繩，已經褪色磨損得差不多了。小銀娜盼望著月亮快快再圓，她才能夠回到上海，和家人一起歡度中秋佳節。

「小伊娜，獨自行，勇敢向前探險去……」

今天阿德海修女為了要讓銀娜開心，特別選了她最會唱的歌，想藉機表揚她一下。她站在孩子當中，所有人都圍著她一起唱。不料，小銀娜忽然哭了起來。她不要去探險，更不要一個人去！她沒有媽媽會捨不得她而哭，她只有爸爸和劉媽，她想回到他們身邊，而且是現在，馬上就回去——「盡速」回去，對，就像在那首討厭的歌裡所用的奇怪字眼一樣。

「怎麼了，伊娜？」阿德海修女不明白自己做錯了什麼！自己完全是出於好意啊！但所有安慰的話語都無濟於事，小銀娜一邊哭，一邊蹲下身子，用雙臂抱緊了雙膝。突然間，她只看見一張張陌生的外國臉孔，一雙雙滿是憂慮的藍眼睛，和那無邊無際，令人害怕的汪洋大海。又一次，她沒有辦法向任何人解釋，自己到底怎麼了。

當銀娜在青島堆著沙堡，日日翹首盼望月圓時，爸爸和美華在上海展開了一場嚴肅的談話。就在美華獲知她得到獎學金，同時也取得柏林的大學入學許可後沒幾天，她被喚到了叔叔的書房。

「美華，真為妳高興，能夠得到柏林教育學院的獎學金，對妳的將來是很重要的一步。就現在的局勢來看，妳能夠盡快開始工作，最好不過。上海不再安全了，日本在一九三二年就轟炸過上海，最不能相信的就是小日本。當年轟炸，死了很多人，至今讓人餘悸猶存。當時銀娜還很小，現在日本軍隊再度南侵，歷史隨時都會重演，我很擔心銀娜的安全，不希望她回上海，這兒太不安全了。」

「但她要去哪裡呢，叔叔？她總不能一直待在青島的育幼院吧？」

「這正是我要跟妳談的事。當初妳在布蘭登堡讀書的時候，不是住在馮．

史坦尼茨太太那兒嗎？還有妳的兩個哥哥也是。我們陳家和他們家有多年深厚的交情，妳想，我可以請求馮·史坦尼茨太太，也收留銀娜去她那兒住嗎？」

「銀娜？到德國去？但她還這麼小，而且一句德文也不會。我們去德國的時候都比她現在大多了，而且也都在教會學校學過德文。」

「我知道這樣做很冒險，但這場仗一定會打，到時候我會發生什麼事，誰也不知道。畢竟我是在外商銀行工作，而銀娜又沒有媽媽照顧，如果時局緊張起來，劉媽母女一定會回鄉下避難，到時候我真不知道要把銀娜放到哪兒才安全。妳可以幫我寫信給馮·史坦尼茨太太，跟她解釋一下這邊的情況嗎？她是個明理的人，我想如果她幫得上忙，一定樂意。要是她願意收留銀娜，妳們就可以一起動身去德國，妳的學校應該是秋天才開學吧！美華，如果這件事能成，妳就幫了我一個大忙！」

「嗯，好吧！叔叔，我來試試。」

「謝謝妳，美華。」

銀娜的爸爸這次又料對了，從九月十四日起日本開始轟炸上海。就在這之前，一封來自德國的信到了爸爸手上。馮．史坦尼茨太太年紀輕輕就守寡，為了貼補微薄的撫恤金，她利用自己寬敞的房子作為寄養家庭，收留照料需要幫助的孩子。馮．史坦尼茨太太經歷過戰爭，知道只要是戰禍肆虐，不論是近在咫尺還是遠在他鄉，都會迫切需要即時的援助。她在信裡表示，今年秋天起，銀娜就可以到她布蘭登堡的家寄住。

一天早晨，當孩子在大廳兩兩成隊，正要向海灘出發的時候，銀娜忽然聽見擴音機裡傳出召喚自己的聲音。

「伊娜．陳，請到辦公室找院長。」

她把小沙桶和游泳圈擺到一邊，隨著修女走進了那間陰涼挑高、全屋加裝了木板的院長辦公室，那間屋子平常是不准孩子進入的。為什麼叫我來這裡啊？是可以回家了嗎？然後，銀娜突然看見了美華，她正坐在修道院院長書桌前的椅子上。

一剎那間，小銀娜把先前對堂姊的怨懟全拋到了九霄雲外。

「美華姊！」銀娜大叫一聲，整個人撲到美華懷裡，雙臂緊緊抱住她。終於看到一張熟悉的臉孔，雖然不是爸爸或劉媽的，小銀娜整個心頓時溫暖了起來。「妳怎麼會在這裡？是來接我的嗎？我們現在就要回家去了嗎？」

「是啊，」堂姊妹熱烈又熱情的擁抱後，美華說，「我是來接妳的，但是我們不能回家，那兒打仗了。日本人已經占領了上海的一部分，而且一直持續在轟炸。」

「那爸爸呢？還有劉媽和寶寶呢？」

「叔叔現在在重慶，那兒目前還平靜，他的銀行把總部遷到重慶去了。至於劉媽和寶寶，她們回鄉下老家去了。」

「那我們去重慶找爸爸！」

「不行，那太危險了。沒有人知道日本人下一步會攻擊哪裡。我們倆現在要一起到德國，坐一艘很大很大的船去馮．史坦尼茨太太那兒，我以前就是住在她那兒。」

銀娜簡直不敢相信自己的耳朵，她激動得想大聲喊「可是這樣不行啊！」喉嚨卻不聽使喚，發不出聲音。一時間她因太過震驚，腦中一片空白，雙膝發軟，啞口無言，小銀娜垂著雙手，呆若木雞的站在原地。

「妳一定會喜歡那兒的，馮．史坦尼茨太太人很好，我們兄妹在她那兒都住得很愉快。而且，我就在柏林念書，離妳們很近，坐火車一個鐘頭就到了，周末時候我都會來看妳。而且這只是短時間嘛，仗不會打太久的，到時候一切就又會恢復正常了。」

不管美華怎麼解釋，銀娜一句話也聽不進去，她只覺得血液一直往上衝，直衝進腦門。修道院長、辦公室、育幼院，她周遭的一切，都開始旋轉了起來。

銀娜腦海中不停迴盪著阿德海修女的聲音，原本無關緊要的那首歌詞，如今變成殘酷的事實：小伊娜必須一個人去闖世界了！但她一點也不像小漢斯那樣是「歡喜不遲疑」啊！她是既傷心又絕望。伊娜才七歲，卻要坐著一艘大船到德國，遠遠離開爸爸和劉媽；在那個叫德國的地方，有著關禁閉的處罰和那種討厭的後背式書包，還有可怕的溫熱牛奶。而且，在那兒沒有人會救她，也沒有人會安慰她，再也沒有任何人了……。

公海上的中秋節

1937年9月

美華和銀娜沒有和家人一起在郊外快樂的野餐，而是躺在大型郵輪沙恩霍斯特號上層甲板的躺椅上。這艘屬於北德勞埃德航運公司的德國郵輪，將要航行三星期，從青島航向義大利北部的大港熱那亞。在兩人躺椅間的小桌上，擺著多米諾骨牌。美華對骨牌遊戲根本沒興趣，但銀娜堅持一定要玩。裝著骨牌的木盒，盒蓋是拉式的，這盒骨牌是美華到青島接銀娜時，從上海家裡帶給她的。以前只要爸爸有空，父女倆就會玩一盤。這盒骨牌有特殊的意義，是爸爸的大伯死後留給他的。大老爺當年和一位德國軍官是好朋友，這位軍官在八國聯軍時隨德軍進駐北京；他們兩人原本應該是敵人，後來卻成為摯交，而且喜歡一起玩骨牌。爸爸這麼告訴銀娜。當德國軍官後來必須回家鄉時，就把這盒遊戲送給了中國朋友當作紀念。

美華在青島育幼院把木盒交給銀娜時，盒裡有一封爸爸寫的信，他在信中向銀娜解釋了苦衷。美華一次又一次讀這封信給銀娜聽，次數多到連爸爸在信末引用的詩詞，小銀娜都背了下來。詞句出自宋朝詩人蘇東坡的《水調歌頭》：

人有悲歡離合，月有陰晴圓缺，
此事古難全。

但願人長久，千里共嬋娟。

今天就是中秋節了，沒有郊遊野餐，也沒有親人團聚。船上乘客多是為了避開戰禍返鄉的歐洲人，所以也沒人注意到，今晚其實是個特別的日子。除了有幾對情侶手拉著手，倚著欄杆談心賞月，甲板上沒有別人。顯然在歐洲，只有戀人才對滿月感興趣。

一輪又圓又大的明月，自地平線上緩緩升起，沿著船舷的欄杆一步一步往上爬，好像五線譜中的音符一階一階往上升。在遠洋公海上，沒有高樓山峰阻擋視線，皓月當空，顯得異常巨大。照耀在海面上的月光，映照著小銀娜，彷彿要向她傳達什麼訊息，而銀娜也意會到了。載著她的郵輪，離中國愈來愈遠，爸爸和劉媽雖然在不同的地方，卻和她看著一樣的月亮；他們深深思念著她，就像銀娜思念著他們一樣。

察覺到小堂妹的沉默，美華牽起銀娜的手。「別難過了，銀娜，我知道妳現在希望在哪兒。」

想家的苦悶像顆丸子哽在喉嚨裡，哽得小銀娜喘不過氣來，逼著她隨時都可能流下眼淚。

美華在包包裡翻找起來。「瞧，我這兒有什麼呢！」她把用油紙包著的小包伸到銀娜鼻子前面。

「猜猜看，裡邊兒是什麼？」

因為不確定自己說話時，聲音能否安然跳過那顆丸子而不哽咽，銀娜簡短回答：「不知道。」

美華打開油膩膩的紙包，拿出兩個圓圓的月餅，遞了一個給銀娜。「這樣，我們倆至少可以小小野餐一下。」

「妳從哪兒弄來的月餅？」

「船上的廚師裡有個中國人，」美華解釋著，「前幾天我在樓梯上遇見他，我們聊了一會兒，他要我今天到廚房去一趟。這月餅就是他為了自己，也特別為了船上的中國船員做的。」

銀娜對著酥軟的月餅大口咬下去，摻著果仁、黏乎乎的黑色棗泥餡兒，頓時從嘴角兩邊冒了出來——好吃！但最棒的，還是那粒藏在月餅當中的鹹蛋黃，圓圓、亮亮的，宛如一輪明月。銀娜一直以來就想問劉媽，她是怎麼把整顆蛋黃，完好無缺的藏在月餅當中！「吃吧，阿肥！」劉媽現在一定會這樣對她說。吃著心愛熟悉的月餅，那哽在喉嚨裡的思念，總算暫時吞了下去。

但四周那一望無際的大海，始終讓銀娜感到不安。在青島時，面對汪洋就讓她心慌，但至少當時腳下踏的還是實地，是家鄉中國的土地。現在在船上，再也沒有可以固定視線的地方，目光到底該望向何方？不管她是往回想中國，還是朝前想德國，一切都是茫然未知，一切都是充滿恐懼：這艘船到底要前往什麼樣的地方？當可怕的日本人發動攻擊，爸爸和劉媽又會怎麼樣？而她必須去投靠的那位外國太太，一定非常嚴厲，銀娜甚至連她的名字都唸不出來。美華雖然一直說她人很好，但「關禁閉」這種事，美華又是從哪裡學來的？那兒肯定沒有劉媽安慰她，沒有爸爸可以解釋一切，沒有寶寶一起瘋、一起玩。最困擾銀娜的，還有一件事……

「美華姊，那個我要跟她住的德國太太，到底會不會說中文啊？」

「她叫馮．史坦尼茨太太，」美華立刻糾正，「當然不會，妳必須跟她說德文。不過別擔心，妳很快就會學會的，我們最好馬上就開始，我會每天都教妳幾個詞和幾句話。現在聽好了，跟著我說：『Gu-ten-Tag（你好）』。」

銀娜努力的發對每一個音節。德文聽起來都像那位太太的名字一樣，又硬又尖銳。

小銀娜的中秋節就在香港和馬尼拉之間，在遼闊的中國南海上度過。月亮早就擺脫了船舷，高高懸掛在萬里無雲的漆黑夜空中。如果可能的話，銀娜多希望能在甲板上過夜。看著月亮，就好像跟遠方的家人有著一絲聯繫。但當美華幾次逮到銀娜呵欠連連時，終於還是把小堂妹趕上床去睡覺了。

旅客的船艙一共有三層，她們的二二七號房位在中間那一層。船艙裡有兩張釘在牆上的床，另外還有兩扇圓圓的舷窗，面對著大海。盥洗室位在走廊上，必須和別的乘客共用。銀娜從小就希望入睡前躺在黑暗中，還能和人講講話、聊聊天。她常常幻想著如果自己有個姊妹，熄燈後能一起說些悄悄話，聊到半夜，該有多好！這三星期在船上，銀娜幾乎有了這樣的姊妹——嚴格的美華姊，自從上路以後，就變得親切和藹多了。

美華這會兒剛洗好澡回到房間，銀娜已經躺在床上了，通常這時候，正是向堂姊打聽新家的最好時機。

「美華姊，那位我要去和她住的阿姨，到底是什麼樣的人啊？」銀娜避免提到那個難唸的名字，因為她始終沒辦法正確發音，為了不讓美華又有機會訓她，銀娜取巧用了「阿姨」這個稱呼。

「妳一定會喜歡她，她人很和善。也許她的外表並非如此，可能還有點嚴厲，但她很會和孩子相處，妳會從她那兒學到很多。」

「在那兒也有像劉媽一樣的人幫忙做家事嗎？」

「沒有，在德國只有非常有錢的家庭才會有傭人。除了洗衣服，馮・史坦尼茨太太自己做全部的家事。每兩個星期會有位太太來幫忙洗衣服。妳去了以後，一定也要幫忙做點家事，像去買東西、整理房間、或是擦乾餐具之類的。」

「那兒還有其他孩子嗎？」

「她沒有自己的孩子，她先生很早就過世了，是戰死的。後來她就開始收留並照顧寄養的小孩。不管怎麼樣，妳都會有自己的房間，馮・史坦尼茨太太的公寓很大，是在一棟房子的三樓，不過在德國叫做二樓，因為我們的一樓他們叫做底樓，要從第二層才開始算一樓。」

銀娜想起了青島的育幼院，還有那個每天都得喝的可怕熱牛奶。

「在那兒，早餐也得喝那種有一層皮的牛奶嗎？」

「別擔心，馮・史坦尼茨太太因為我們兄妹的關係，知道很多中國人受不了牛奶的。如果妳跟她說妳不想喝，她會給妳弄大麥咖啡喝。」

大麥咖啡又是什麼啊？美華的一個回答常會引起銀娜更多疑問，但像這樣的「睡前談心」，每次都讓小銀娜對那陌生的國度，又多了一分了解。譬如，德國的冬天……。

「到布蘭登堡的時候，」美華對銀娜說，「就快要冬天了。外頭會很冷，比上海要冷得多。不過別擔心，屋裡都有暖氣。但最漂亮的還是雪。」

「雪有什麼漂亮的？」

上海有時候也會飄薄薄的雪花，銀娜覺得看上去就像頭皮屑一樣噁心，而且總是一下子就融化了。

「德國冬天的積雪是不化的，世界看上去一片銀白。在雪地裡可以玩很多遊戲，比如堆雪人啦，或是乘坐雪橇從山坡上滑下來等等。」

嘿，聽起來真不錯哩！關於那個可以坐著從山坡上滑下來的玩意，一定要再問問清楚。不過滿眼紛飛的雪花，讓小銀娜的眼皮覺得好重好重，她得閉眼休息一下了。

「Gutenmorgen（早安）、Gutenabend（晚安）、Entschuldigung（對不起）、Jabitte（好的，請給我）、Vielendank（謝謝）。」

銀娜這段時間已經學會不少詞彙，可以和船上的德國旅客實地練習。傷腦筋的是，每當那些大人一聽到她說德文，都會驚喜萬分的彎下身子，然後劈里拍拉朝她當頭落下一連串聽不懂、連珠砲似的話語。不過她很快就找到了從尷尬場面脫身的方法。她跟美華學會了屈膝行禮，每當遇到了類似場面，她就會先彬彬施上一禮，再跟對方說一聲「Aufwiedersehen（再見）」，然後嘻笑著跑開。

對美華來說，最好整天都是上課天。這也難怪，畢竟她將來想當老師。但為什麼剛好是我要當她的實驗品呢？銀娜有時不禁會這麼想。數字、詞彙、句子，美華利用每個場合，每次機會，為銀娜的德國之行作準備。連吃飯的時候，也不能倖免於「受教育」之難。銀娜得學習使用刀叉，因為不管是香腸麵包，還是香炸豬排，都不能用筷子直接送進嘴裡。在這兒，人人毫無顧忌的用刀子，對著盤子上的一大塊肉又切又割，銀娜覺得太可怕了！在中國，肉在燒炒之前就切成小塊或細絲，上桌後很容易就可以用筷子夾取。刀子絕不上桌，因為那代表野蠻，代表不文明！

西方的吃飯習慣，銀娜都看不順眼。人人把自己的那份肉、馬鈴薯和蔬菜，胡亂堆在盤子上，食物全浸泡在油膩濃稠的黃醬汁裡。然而，劉媽在家掌廚的時候，每道菜分別盛在不同盤子裡，擺在飯桌中間的轉盤上，每個人可以把想吃的菜挾到自己碗裡。可以捧著碗就著嘴吃，不用擔心碰到圓滾滾的豌豆，或是「剪不斷，理還亂」的義大利麵，還得用叉子玩半天高空槓桿遊戲，才能將食物從盤子送進嘴裡。啊！那麼多，那麼多，劉媽做的好吃的菜呵！銀娜的思緒總是一再脫韁神馳回到上海，回到劉媽那溫暖、彌漫著菜香、讓灶王爺守護著的廚房。然後她會不斷撫摸那隻翠綠的小麒麟，看著它既感安慰又覺心痛。

幸好船上還有其他孩子，暫時把她從思親的愁苦中拉出來。就在她們上船後沒幾天，有個小女孩過生日。她的父母準備了豐盛的蛋糕和汽水，舉辦了熱熱鬧鬧的慶生會。船上的小朋友都獲得邀請，只見一群嘰嘰喳喳，頭髮綁著蝴蝶結的小女生和身穿水手服的小男生，興致盎然的圍坐著長桌。這是一個交朋友的絕佳機會，雖然因為有好幾種語言在此交流著，有時候溝通有些困難。為躲避日本轟炸上海而隨父母返德的小孩，說著流利的德語；同樣擔心日本侵略而在英國殖民地香港上船的英國家庭，孩子都說英語；還有那些來自法屬印度支那的小孩[1]，一張口就是道地的法語。當他們一起玩耍，就絲毫不見語言的妨礙了。孩子結伴徜徉在小城似的巨輪上，四處探險，四處勘查。當然，船上有些地方禁止兒童進入，譬如位在船艙底層的機房，或是船長發號施令的艦橋等，但那反而令探險更加緊張刺激。

孩子最喜歡玩耍的地方，還是最上層的甲板大道。就連大人也經常在甲板上消磨時光。大人們最常玩的遊戲叫「推圓盤遊戲」(Shuffle-Board)。玩的人要用長柄扒子，將一枚黑色圓盤推進地上畫的格子陣裡，每個格子都標註了數字，從負十到十不等。在遊戲進行中，各種千奇百怪的花招都有人使，尤其男士們總是想盡辦法用力推桿，好把對方的圓盤碰出界外。只聽到「喀嚓」一聲脆響，兩枚圓盤猛烈相撞後又強力彈開。一旁圍觀的孩子等的就是這一刻。他們想辦法把撞出場的「迷途」圓盤撿到手，然後再讓它們神秘失蹤。用這種法子，孩子攢到了自己的遊戲道具。然後，在船上的僻靜角落，他們用粉筆在甲板上畫出遊戲場地，用跟清潔隊「借」來的拖把，按照自定的規則玩著遊戲。

有一次銀娜差點兒被逮到。一枚圓盤在撞擊後朝她的方向疾速滑來，她閃電般出手拾起，正想如法砲製讓它消失時，一位穿著淺色麻質西裝的中年男

1 法屬印度支那，包括今天的越南及鄰近地區。一八八六年時被法國兼併。第二次世界大戰後，獨立為越南、寮國、柬埔寨三國。

士，彎下腰對她說：「謝謝妳啊，小姑娘，替我把圓盤拾起來。」銀娜尷尬的把手上的東西遞給他。「不客氣。」

呼……，好險！

今天，可沒人有閒情逸致玩遊戲！每天早飯的時候，航海長都會把郵輪當下的位置及當天的行程用小旗子插好在餐廳的地圖上，今天航海長同時向大家宣布：「沙恩霍斯特號中午將會抵達新加坡。」這趟旅程停靠的第一站是英屬殖民地香港，但銀娜當時什麼也沒看到，因為大家上岸時，她睡著了，而第二天早上她醒來時，船又早已回到公海。所以這次她決定要把握機會，不再錯過。

新加坡由群島組成，位在馬來半島的最南端，航海長向大家解釋，這兒是進入麻六甲海峽的入口。通過了這個狹長的海峽，就會繼續朝錫蘭（今斯里蘭卡）及印度方向前進。這條航線是銜接亞洲與歐洲最近的水路，船隻來往頻繁。還不到中午，第一群島嶼就映入眼簾，水上交通也愈來愈密集。銀娜整個人趴在船舷上，除了水、水、水以外，終於又看到別的景物：全家都在船上過日子的中式帆船、煙囪冒著黑煙的拖曳船、各式各樣的貨船和幾艘跟沙恩霍斯特號一樣船身雪白的遠洋郵輪。巨型郵輪擠在往來稠密的船隻中，顯得格外雄壯威武。幸虧有兩艘輕巧的領航船開了過來，縴上船纜，突突突地帶領著大船進港。從表面上看起來，景象十分滑稽，兩隻小船竟然能拖著一艘巨型郵輪進港，但沒有小船的協助，船身巨大的郵輪恐怕很難穿過整個港埠，安抵帝國船塢停泊靠岸。突然，大人們興奮的指著陸地方向，「快看，那邊，新加坡到了！」

新加坡港市的全景豁然展現眼前，令人印象深刻。在一棟氣勢雄偉、豎立著許多圓柱的建築物上方，飄揚著一面英國國旗。「那是法院。」一位正要上岸的英國人告訴她們。法院後面有座白色高塔，則是聖安德烈座堂。

郵輪要靠岸了，銀娜目不轉睛的盯著。碼頭上早已萬頭鑽動：等著登船前往歐洲的新乘客；揮著手，滿懷希望等著接人的群眾；等著將各式新鮮補給品運送上船的供應商，還有許多為搶著替旅客搬運行李而爭吵不休的腳夫。大家的耐心都受到嚴厲的考驗，在航海長與碼頭工作人員不斷來回喊話之下，郵輪極其緩慢的靠向岸邊。當船身與陸地的距離終於夠接近時，船上的水手就將一條有如銀娜手臂般粗細的纜繩丟給碼頭上的工作人員，後者用帶著鉤的長桿，熟練的接住纜繩。然後整個白色龐然大物感受到一記猛烈的撞擊：船靠岸了。等到郵輪確實以船纜固定繫牢在碼頭上，舷梯放了下來，乘客都沿著舷梯下船上岸。大批人潮隨即湧了上來，彼此招呼，互相問安；聚首的聚首，道別的道別。可惜美華和銀娜不准下船，但堂姊妹倆自有找樂子的方法。

「妳覺得那個臉紅紅的，帶著衣櫃箱正要上岸的胖子，和那位皮膚黝黑，身穿印度傳統紗麗的女士是一對嗎？」銀娜開始發問。

「絕不可能！」美華反駁道。「那胖子根本配不上她。她是印度大君的太太，怎麼可能嫁給這麼醜的英國佬。不會的，她是在等兒子。她的兒子在牛津剛念完書，畢業後去環遊世界，現在要回來繼承他早逝父親留下來的家業。」

「噢，這個兒子妳一定要指給我看！」銀娜完全投入想像的遊戲中，熱切的在人群裡搜尋年輕英俊的王子，可惜始終沒有適當人選出現。

好幾個鐘頭，銀娜興奮的享受著當下的樂趣，暫時忘卻對過去的懷念，和對未來的恐懼。

終於，郵輪的汽笛又鳴了三聲，結束一切忙亂和喧鬧。舷梯收起，纜繩解開，甲板上的樂隊奏起驪歌。那是一首德文歌，美華翻譯開頭的第一句給銀娜聽：「我必須，我必須，離開我的小城嗎？」德國人想必是道別高手，因為他們有那麼多關於離別的歌。銀娜覺得心中很不舒服。

幸虧銀娜聽不懂全部的歌詞，不然每次樂隊奏起這首歌，她恐怕都要大哭一場。光是看著那些原本應該代表歡樂的彩帶，一端拿在船上離人的手中，一端執在岸上送行者的手裡，銀娜就覺得難受。一旦船啟航離港，彩帶就會一條條的相繼斷裂。而當銀娜看到斷裂的彩帶，心中都有被撕裂的感覺。

抵達德國

1937年10月

十月十九日，沙恩霍斯特號抵達熱那亞港口。終於又「腳踏實地」了，多麼想念踏在平地上的感覺呵！但銀娜上岸後，赫然發現腳下的土地竟然晃動不止，一會兒浮一會兒沉，一會兒衝著她來，一會兒又朝後退。

「美華姊，妳的感覺也這麼怪嗎？怎麼所有東西都在搖晃？我們不能待在這裡呀！」

「這種感覺很快就會過去，」堂姊安慰著她，「我們的身體習慣了海浪的起伏，所以一下子沒法適應陸地的平穩，但是過一會兒就沒事了。」

萬事通美華對什麼事都能解釋。但對銀娜來說，千真萬確的是：這地方讓她感到不安。拖著疲累的步伐，銀娜一腳高一腳低，跟在美華身後走進旅館，度過上岸後的第一個夜晚。

她們沒有多做停留。前頭還有長達兩天的火車之旅，越過阿爾卑斯山，穿過整個德國，奔向終點站——柏林。車窗外馳騁而過的風景，對銀娜來說全然陌生。火車緩慢的沿著陡峭岩壁蜿蜒直上，愈爬愈高，真不知道那個喘著氣、冒著煙的火車頭，是怎麼辦到的！

「看到那邊山頂上白白的東西嗎？那是雪，終年不化的積雪。」美華向小堂妹解釋。但，山頂上那塊白，實在太遠了，銀娜沒辦法看得真切。倒是那些四散在鐵道兩邊草地上，悠閒嚼著牧草的褐色龐然大物，緊緊抓住了銀娜的目光。

「這些看起來好像我們的水牛耶！但是牠們怎麼不需要工作呢？」銀娜問美華堂姊。

「那些是乳牛，牠們只需要吃草，生產更多牛奶就好。在這兒大多是由馬來拖犁耕地的。」

「噢，妳是說，在育幼院裡喝的那種噁心的牛奶，就是從這些牛身上來的啊？但是牠們看起來都很可愛耶！」

對窗外景致的興趣，終有減弱的時候。短短一天之內，銀娜接觸太多新鮮事物，小腦袋瓜裡再也裝不下新字彙。親愛的美華老師也知道，在這時候，只有轉移注意力才有用。車廂裡的折疊桌太小，沒有辦法玩骨牌，卻足夠玩劉媽教的猜拳遊戲。當初美華極力反對，認為這種遊戲根本是教壞小孩，現在可輪到銀娜來教美華怎麼玩了。

「剪刀、石頭、布！妳看，要這麼玩：妳先把拳頭握起來，我們一起數到三。當數到三的時候，妳就要決定出什麼：拳頭代表石頭，兩隻手指表示剪刀，整個手掌則代表布。一定要玩得很快，這樣別人才猜不到妳要出什麼。等出出來以後，就知道誰贏誰輸了，因為剪刀贏布，布贏石頭，石頭贏剪刀。」小銀娜興奮的解釋著。

但時間還是過得異常緩慢，特別難熬。睡覺、打盹兒、睜眼、望向窗外。窗外烏雲密布，銀娜聚精會神看著雨珠在上層玻璃窗角慢慢匯集，等到水珠凝聚得夠大、夠重，就紛紛從窗沿跌落，拖曳著一道水痕，疾速滑過下層的玻璃窗面。銀娜像著了魔似的看著那永無止境、永無輸贏的水珠競賽，然後闔上了雙眼，沉沉睡去。

火車愈來愈接近首都柏林，美華因為興奮而愈來愈坐立不安。她將在柏林和哥哥翰理碰面，翰理也在馮．史坦尼茨太太那兒住過，現在則在大學唸經濟。大哥羅伯特則早就已經從造船系畢業，目前在大港羅斯拓克的造船廠工作。對美華而言，抵達柏林就像回家一樣，回到熟悉的親人身邊，回到溝通無礙的語言環境。坐上火車後，美華就一直試著用德語和同車旅客及查票員交談。但對銀娜來說，就完全不是那麼回事。她愈來愈縮進自己的座位，愈來愈躲進自己的世界，那粒哽在喉嚨裡的丸子也愈變愈大。就算她現在懂得更多的德文，也絕不可能用這麼生硬的語言和別人談話。最後她終於鼓起勇氣，小心翼翼的問：

「美華姊，妳會跟我們一起到布蘭登堡去嗎？」

「沒辦法，銀娜。學校馬上就要開學了，我還有好多事情要辦；要買書，要排課表。一開始我可以先跟翰理住，接著就得盡快為自己找個住的地方。不過別擔心，馮．史坦尼茨太太會到柏林來接我們。」

不要擔心——她說得可容易。銀娜突然意識到，隨著堂姊離去，她也失去溝通的工具。美華一直是她和新世界之間的橋梁，沒有了美華，她要如何跟這個陌生世界溝通呢？再次面臨別離，心中那種空虛，小銀娜已經非常熟悉。不過來自外在的騷動，暫時將她內心的不安與疑慮壓了下去。火車緩緩駛進柏林車站，乘客紛紛起身，四處尋找他們的大衣、帽子、包包、雨傘和箱子。

「柏林『岸酣特車站』到了！柏林到了！這裡是終點站，請所有的旅客在此下車！」

美華很快就看到那位又高又瘦，花白頭髮梳成整齊的髮髻，紮在腦後的女士，她興奮的向她揮手喊道：

「馮．史坦尼茨太太，我們在這裡，在這——裡——！」

月台上擠滿了搭車的旅客和候車的人潮，美華奮力穿過重重人群，一手拉著小堂妹，一手拖著大行李。銀娜在單薄夏裝中不停打著哆嗦，雖然她已經從箱子裡抽出了一件毛衣加上，但還是抖個不停。畢竟，她正站在一個全然陌生的人面前。這個人正向她伸出手——

「這一定是我們的小伊娜了。伊娜，妳好啊！歡迎到德國來！」

銀娜唯一聽懂的是自己的名字和「Gutentag——妳好」。但不管怎麼樣，至少她知道如何回應。屈膝向後一點，銀娜禮貌的回了禮，只是，這次她不能再像在船上的時候一樣，嘻笑著跑開。不管是從這位正用那灰藍眼睛，和善而饒富興味的看著她的太太，還是從這個有稜有角，硬梆梆的語言跑開。是啊！銀娜知道，她再也沒有路可以跑開了。

這位太太先揮手招來腳夫幫忙搬行李，然後她的注意力就轉到了美華身上。美華瞬間變成了瑪爾塔，正興奮的、連珠砲似的講述著：「我們三個星期都在船上，甚至還碰到了一次暴風雨。啊！差點忘了，叔叔要我向您問好，他要我務必轉告您，伊娜能暫時住在您這兒，他真是感激不盡，因為上海現在的情況很危險。我在路上已經教了她一點兒德文。」

就在月台人潮漸漸散去的時候，一名中國男人向她們跑了過來，迎著風，他大衣的衣角在身後飛揚著。那是美華的二哥，銀娜的二堂哥。美華打下了火車就忙著跟馮・史坦尼茨太太報告一路上的情況，所以根本無暇想到哥哥。銀娜因為跟不上堂姊熱烈的報導，遂自顧自的打量四周，並且首先發現了二堂哥。

一個中國人在一群高鼻子的老外當中，真是顯眼啊！將來我也會這樣。小銀娜暗自想著。

「啊，翰理也來了，」馮・史坦尼茨太太招呼著他。「我的中國家族現在全員到齊了。我想你們一定餓壞了吧，至少兩位遠道而來的。走，在大家各自上路以前，我們先吃點東西去。」

馮・史坦尼茨太太使勁將兩個年輕人和小女孩往前推，一起朝驗票口走去，拎著行李的腳夫跟在後面。美華跟銀娜解釋現在要去哪兒；瑪爾塔毫不費力的就從詰屈聱牙的德語轉成抑揚頓挫的中文。

火車站外邊停著一輛計程車。柏林的計程車是黑色的，車身上攔腰鑲著一圈有趣、黑白相間的格子邊。趁著等車空檔，銀娜仔細瞧了瞧柏林車站的外觀。德國的車站，不盡然都像青島的車站那樣嬌小可愛，譬如現在所在的車站就很巨大，像座雄偉的大教堂。正當她的目光還在柏林車站的紅磚圍牆和半圓拱頂間游移時，有人將她輕輕推進了黑色汽車的後座。

「咦，行李呢？」車子開動了，銀娜忽然驚慌的問美華。它剛剛還放在人行道上。

「在 Kofferraum 裡，司機剛剛把它放進去了。」

銀娜慢慢拼著美華用德文說出來的複雜字彙—— Koffer-raum，箱子—地方。「車子上專門放箱子的地方，叫做行李廂。」美華分析給她聽。又一個實用的德文字彙；德國人常常把兩個單獨的字連在一起，就又產生了一個新詞。

當其他人用共同的語言交談時，銀娜獨自想著心事，放眼望向窗外。柏林此時的交通幾乎和上海一樣擁擠，但是這兒沒有黃包車，有的是更多汽車和一列巨大、不斷發出尖銳刺耳噪音的電車。這輛電車行駛在鐵軌上，車頂有個像弓一樣的東西連接上方的電纜，引導車廂在軌道上行駛。這種鋪軌電車上海也有，但這兒的交通顯得更有秩序，老家那種亂糟糟的情況完全不能相比。看樣子，戴著船長帽的德國警察，要比纏頭巾的上海黑面錫克族，有辦法得多。甚至連街上行人——這兒的行人可比上海少太多了——都規規矩矩的走在寬敞的人行道上。沒有爭先恐後，沒有推擠碰撞，沒有人亂按喇叭，沒有從小吃攤傳來的香味，沒有叫賣的吆喝聲，也沒有七橫八豎，讓人眼花撩亂的商店招牌……還是，也有？銀娜仔細再瞧了一次，這裡的招牌全是橫式的，整整齊齊一字排開，所以乍看之下，看不到所有的招牌。計程車轉了幾個彎，最後停在一家餐廳前面。銀娜因為既緊張又興奮，再加上一路驚奇張望，幾乎忘記肚子其實已經很餓了。

身穿白外套的侍應生，帶領他們走到一張已擺好四份餐具的桌子前。在船上的時候，每次美華當著其他乘客的面，教她如何使用刀叉吃飯時，銀娜總是覺得窘迫和丟臉。但現在她十分慶幸，自己已學會正確使用西式餐具。

用餐期間，每當有人問她話時，銀娜總是尷尬的微笑以對。為了顧及馮．史坦尼茨太太在座，席間的談話都以德語進行。幸好在德國，吃飯時嘴裡有東西是不准講話的。因為中國人比較不在意這件事，美華事前還特別告誡。現在銀娜覺得，這個餐桌規矩真是再好不過。她假裝很餓，不斷的把肉、馬鈴薯和蔬菜塞進嘴裡，好讓自己的嘴巴永遠都是滿的。

大家才剛剛用餐完畢，馮．史坦尼茨太太就看著手錶緊張的說：「哎呀，時間過得實在太快，伊娜，我們的火車還有十五分鐘就要開了，幸好我事先買好了車票，走吧。」

接下來就是一陣混亂，銀娜只知道，現在必須快快動身了。美華和翰理陪她們走到另一個火車站去搭車，還好車站就在餐廳附近。又要面臨別離！美華把銀娜擁進懷裡，在她耳邊用中文輕聲的說：「銀娜，要勇敢，不要丟妳爸爸的臉！」

好個美華，這樣的時刻還在諄諄告誡。雖然就要與總是自以為是的堂姊分開，銀娜還是感到非常難過。她覺得自己就像是個還不怎麼會游泳的人，卻被拿掉了泳圈，推向水池最深的一端。

當她的雙眼充滿淚水，美華終於說出比較「像樣」的話：「不會太久的，阿肥，我很快就會去布蘭登堡看妳的。」

以前美華從來沒有叫過銀娜的小名，那個只有劉媽才會叫的名字。

銀娜用力嚥了口口水。不要哭，千萬不要哭。然後她就牽著馮．史坦尼茨太太的手登上了火車。就在翰理將她的箱子塞好在行李網內的同時，月台站長也吹起了發車的哨笛。

她們在車廂裡找好位子坐下，銀娜雖然靠窗而坐，但對窗外景致已毫無興趣，再說，外邊天色也漸漸暗了。如果可能的話，她很想問一聲：還要多久才到布蘭登堡？下車後離她們今晚住的地方還有多遠？但是沒有美華，也沒有人可以詢問。馮．史坦尼茨太太一直輕聲親切的對她說著話。也許，她早就回答了銀娜沒有辦法開口問的所有問題？還是，她跟銀娜說了完全不同的事情？

一開始銀娜還勉力微笑以對，但後來連微笑都太吃力，臉部的表情完全不聽使喚。銀娜讓那些陌生的語音不斷從耳邊掠過，就像窗外的風景不斷向後飛逝，雨珠也不斷在車窗上疾速滑落一樣。火車規律的晃動，催著她入眠，銀娜的頭漸漸垂靠在馮．史坦尼茨太太的肩膀上。那灰色套裝的毛料扎得人癢癢的，但毛料下的肩膀，卻堅實可靠。

當銀娜被輕輕搖醒的時候，一時還搞不清楚自己身在何處。她聽到不熟悉的聲音，瞥見一張陌生的臉。

「醒醒，伊娜，我們到布蘭登堡了。」

布蘭登堡，這名詞陡然將她帶回了現實。

一個男人幫她們搬卸行李，又是一個車站。但這個車站看起來跟青島的很像。暮色已深，車站空無一人。沒有黑色計程車等在外面。她們坐了幾站那種在軌道上行駛的車子，銀娜在柏林已經見過，這種交通工具稱做「電車」。馮．史坦尼茨太太一手拎起沉重的箱子，一手把皮包塞到銀娜手裡。走在昏黃的街燈下，銀娜看不清楚新環境的樣貌，只覺得一切都是那麼寂靜，那麼安詳。偶爾在街上碰到幾位路人，每個人都跟馮．史坦尼茨太太打招呼，並停下來閒聊兩句。難道，這裡的人都認識彼此嗎？還有一件事引起銀娜的注意：那罕見的、凹凸不平的石子路面，真的是由一小塊、一小塊石頭拼鋪起來的。以後她會學到Kopfsteinpflaster這個字，也就是「石拼路面」的意思。這個字將會和另一些希奇古怪的德文字，收錄在她的「特藏語彙」中。那些她特意收集起來的詞彙，都是由好幾個不同的字組合拼造而成，就像石拼路的路面一樣，是由一小塊一小塊石頭拼鋪起來的。

然後她站在那棟房子的前面——聖裴堤路二號。

新家

1937年10月｜布蘭登堡

七聲低沉的鐘響在房間內迴盪，雄厚的餘音不斷繚繞在空中，直穿過厚重的羽絨被。是什麼聲音？難道郵輪又要啟程了嗎？伊娜一下子從床上坐了起來。

茫然，她環視著全然陌生的環境：天花板挑高的房間，一扇垂著白色窗簾，微微透著晨光的窗戶，房間裡有一張書桌、一把椅子、一個五斗櫃、一個搪瓷臉盆和一個水壺，床靠著牆放，伊娜正坐在上面。這兒是哪裡啊？

直到她目光落到床邊已經打開，但尚未整理的箱子上，昨晚的記憶才又回到腦子裡。昨天她是如此疲累，馮．史坦尼茨太太只從箱子裡找出了睡衣給她換上，就打發她上床睡覺。蓋著溫暖厚重的羽絨被，伊娜一闔眼就睡著了。

「馮．史坦尼茨太太，」——伊娜試著，讓那個難唸的名字從嘴裡正確的說出來——「馮．史坦尼茨太太」。昨晚的景象浮現腦海：一個頭髮灰白，梳著髮髻的女士，俯身替伊娜蓋好被子，並跟她道聲晚安。不知在馮．史坦尼茨太太的髮髻裡，是否也像劉媽一樣，有假髮夾在其中呢？

對了，剛剛那個嗡嗡作響，一直迴盪在房間裡的奇特聲音，到底是什麼啊？怎麼好像船上的汽笛似的？伊娜順著床沿滑下地，光著腳丫子，踏過吱吱嘎嘎響的木頭地板，向窗戶走去。她小心翼翼、慢慢拉開窗簾，在她的下方是一條兩旁種滿綠樹的街道，放眼望去，看不到任何郵輪或船隻。當她把頭稍稍向左轉過去，看到一座紅磚大教堂，教堂旁邊聳立著一座四邊形高塔，高塔最上層一段由四邊形變成了多邊形，並鑲嵌著一座大時鐘。大時鐘再往上就是尖尖的塔頂，像戴著一頂高帽子一樣，頂端還立著一顆金色圓球。鐘塔上的時鐘正指著七點整。

每座鐘塔都屬於一個教堂，就像在青島一樣。育幼院的修女當時這麼解釋：當德國人還在青島的時候，鐘塔上都有鐘，每到整點就會敲鐘報時，或者在舉行禮拜之前，也會敲鐘召喚信徒前來聚會。直到後來，德國人離開了青島，教堂的鐘也都被拆走了。對了，一定是這樣！剛剛是教堂的鐘敲了七下：七點了。有個教堂鐘塔在附近，可真是方便啊！以後每天早上鐘聲就會把我叫醒了。

她速速把水壺中的水倒入臉盆，洗了臉，再用白色粗毛巾把臉擦乾，然後穿上有人事先準備好，整整齊齊搭在椅背上的衣服。伊娜聽到門外傳來聲響，她輕輕的把門打開一道縫，偷偷向外張望：昏暗的長廊有好幾道門通往不同房間。伊娜小心翼翼的走到每扇門前仔細聽，其中一扇門後傳來杯盤的碰撞及水流聲，她停下腳步。這兒一定是廚房了！伊娜怯生生敲了敲門，門從裡面打開了。馮．史坦尼茨太太站在那兒，穿著筆挺的襯衫、長裙，還繫著一件連身圍裙，微笑著對她說：「早安，伊娜，妳睡得好嗎？」

「早安！」是伊娜唯一可以用德文回應的話，也正合適。但，接下來呢？沒有了瑪爾塔，就沒有了語言。但是東西會替自己說話，馮．史坦尼茨太太用清晰有力的聲音，給每樣東西清楚標示了名字：「麵包、牛油和果醬」。她指著一個托盤，上面放好了這三樣東西。「這是妳的早餐。」

「麵包、牛油、果醬；麵包、牛油、果醬。」伊娜像唸數數童謠似的，一再重複著這三個名詞。這三樣東西，伊娜在船上都見過，現在都有了各自的名字，而且加在一起就是早餐「Frühstück」。

馮．史坦尼茨太太轉向伊娜，問：「牛奶？」

一聽到這個字眼，伊娜馬上就覺得有一層黏乎乎的皮貼在喉嚨裡，不自覺就露出了厭惡的表情。

「我懂，我懂，」馮．史坦尼茨太太說，「早猜到妳會這樣，妳堂哥、堂姊也都不喜歡喝牛奶。來，聞聞看這個，是不是比較香？」她把一把茶壺遞到伊娜鼻子前面，裡面裝著深咖啡色熱飲。那熱熱的香味聞起來，就像劉媽一不小心，把鍋底的飯燒焦了一樣。伊娜最喜歡吃鍋巴了，每次都要跟劉媽討來吃。

「這是大麥咖啡。」

銀娜感謝的微笑以對。這個原本不知道主人長得什麼樣子的名詞，終於找到了自己的位置。

「大麥咖啡，謝謝！」

「說得很好啊，伊娜。妳可以幫我把托盤端過去。」

馮·史坦尼茨太太手裡拿著那壺還熱騰騰的大麥咖啡，讓伊娜端著早餐托盤，然後她就先行穿過走廊，轉進飯廳和客廳裡。在飯廳和客廳合併的起居室內，有好幾扇臨街的大窗，每扇窗戶前都掛著厚重的深色窗簾。在房間中央鋪著一張花團錦簇的地毯，地毯上擺了張橢圓形紅木桌，桌上鋪了乳白色針織桌巾。就在這張飯桌上，兩人第一次共進了早餐。

突然，鐘聲又響了！這回聲音又高又亮。是從角落的立鐘傳出來的，伊娜先前完全沒有注意到它。叮─噹─叮─噹─。立鐘敲出來的鐘聲，把伊娜正要往嘴裡送的牛油麵包，硬生生給打住了。她猛一轉過身子，盯著鐘看。

「嚇到妳了嗎？伊娜，那是我的小Big Ben，小笨鐘，剛剛敲了八點。」

伊娜一個字都聽不懂，也一個字都聽不進去，她的思緒飄回了遠方。伊娜彷彿又看到自己和爸爸站在外灘，一起眺望那氣象萬千的黃浦江。那是個星期天，爸爸難得有空開車帶她到外灘去。他們彎腰俯身在石砌的欄杆上，看著來自世界各地的船隻，航行在黃浦江頭。爸爸一一給她解釋，那些懸掛在船上的不同旗幟，所代表的國家。往來穿梭的船隻中，有許多小型漁船和舢舨，一艘連著一艘，像一條長長的鎖鍊，鍊在黃浦江邊。爸爸指給她看，那是綠色尖頂的和平飯店，那個據說以前豎立著「華人與狗不得入內」告示牌的外灘公園，還有那座跨越在蘇州河上，完全以鋼骨結構建造的外白渡橋；而矗立在對岸的，則是氣勢雄偉的蘇聯領事館。就在那個時候，伊娜突然聽到從身後傳來「叮——噹——叮——噹——」的鐘聲，她驚訝的環顧四周。

「爸爸，那是什麼聲音？」

「那是海關的鐘聲，」爸爸向她解釋，「英國人在一九二七年重修江海關大廈時，也在塔樓中造了一座大鐘，它是照著倫敦國會大廈著名的鐘樓——大笨鐘『Big Ben』仿製的，好讓英國人可以時時懷念他們的故鄉。」

伊娜又回到了現實，並從昔日出遊的記憶中，帶回了「大笨鐘」這個名字。奇怪的是，英國的鐘聲，卻讓她想起了上海的老家。她大聲說出「Big Ben」這個名字，馮．史坦尼茨太太讚許的對她微笑。

不知情的旁觀者可能會以為，這一老一小對大笨鐘的認同無分軒輊，孰不知，一個腦海中浮現的是英國倫敦的景象，而另一個眼裡看見的卻是上海外灘的風光。

「我們得先把妳的箱子收拾好，然後就要開始上德文課。妳先在家裡跟阿特曼老師學習德文，等學得差不多了，再到學校去上課。」馮．史坦尼茨太太喝完杯子裡的咖啡，並將掉在盤子旁邊的麵包屑仔細撿起後，對伊娜這麼說。她似乎一點兒也不在意，伊娜其實一句話也聽不懂。

但小傢伙真的一句話也聽不懂嗎？其實，從剛剛那一長串難以理解的陌生字句中，伊娜已經能辨識得出幾個認識的字。譬如「箱子──Koffer」，就在昨天所學的「Kofferraum──行李廂」中聽到過：計程車上放箱子的地方；又譬如「德文課──Deutschunterricht」這個字，瑪爾塔在船上已經教得爛熟。但這兒沒有人會說她的語言，要怎麼繼續上課呢？不過箱子要先整理，這個簡單。想到就做，伊娜滑下椅子，一溜煙兒就想往外衝。但就在這時候，她猛然想起瑪爾塔說過，在馮．史坦尼茨太太這兒是要幫忙「abräumen──收拾」的。也就是說，吃完飯後，要收拾餐具，端回廚房去。在上海這都是劉媽的工作。於是伊娜轉身回到桌邊，將餐具收好，放在托盤上，再端回廚房。馮．史坦尼茨太太臉上掠過一絲微笑，始終嚴肅的表情，終於展現了片刻的溫柔。

當箱子清空了，東西都整整齊齊放進了五斗櫃後，馮．史坦尼茨太太從書架上拿下來一本厚厚的書遞給伊娜。伊娜依看中文書的習慣，把書放在左手邊，然後將封面從左向右翻開。

「不對，得倒過來翻才行。」馮．史坦尼茨太太小心的從伊娜手中拿過書來，換了方向後，再交還給她。「看到了嗎？要這樣開始，這裡寫著：《德文圖畫百科》。來，妳慢慢看。」

伊娜試著，這次把書放在右手邊，將封面由右向左翻開。書中全部都是圖片：人體的外部解剖圖及內部透視圖，人類從事的各種行業及使用的工具和機器，當然也有動物和植物，房子和街道。每一幅圖片的內容，都由很多線條標示著不同的號碼，所有號碼在圖片的下方順序排列，並有文字解釋。伊娜一頁又一頁，愛不釋手翻閱著。直到她翻到一頁畫著的全都是不同的建築物時，她看到一座教堂和教堂的高塔也在裡面。太好了，所有她需要的東西全都在這兒了。如果光透過閱讀，就能把世上所有的東西正確表達出來，那該有多好啊！可在這之前，只好先用問的了。為了方便問問題，瑪爾塔曾教過她一句很實用的話：

「這個德文怎麼說？」伊娜先指著書中的教堂高塔，塔樓中清楚可見掛著好幾口鐘。然後她又指指窗外那座紅磚高塔，詢問地看著馮．史坦尼茨太太。

「那是教堂，伊娜，不過我們的這個叫做『大教堂』（Dom），因為有大主教駐庭。在教堂塔樓裡掛著的是鐘，它們今天早上是不是把妳叫醒了？」

從此，伊娜有了非常規律的生活：每天早上七點在大教堂的鐘聲中醒來，吃完早飯就和馮．史坦尼茨太太一起進城買東西，伊娜因此走遍了布蘭登堡不少地方。在伊娜眼中，布蘭登堡根本算不上一座城市，沒有繁忙交通，沒有擁擠人潮，沒有高樓大廈，也沒有巨型郵輪。貫穿城中的幾條運河裡，充其量也只有些許小拖船、漁舟和小遊艇在上面行駛。一切安詳自在，井然有序：行人走在寬闊的人行道上，寥寥可數的汽車行駛在馬路中間，電車在軌道上滑行，船隻則徜徉在運河上。警察在這兒似乎顯得有點兒多餘。路上的行人互相招呼、問候，熟識的則停下腳步，親切地交談幾句；還有一些穿著褐色制服的人，以簡短的方式互相打招呼：右手向前方高舉，招呼聲聽起來像喉嚨不舒服在清嗓子似的。在這兒真像人人都彼此認識，當然每個人也很快就認識了伊娜。這小城不像上海街頭，除了她沒有別的外國人。布蘭登堡沒有人纏著富有異國情調的頭巾，沒有來自世界各地的陌生面孔，也沒有深淺不一的各種膚色。人人只說一種語言：德文。

市場是一條規畫得整整齊的攤販街，一星期只開放一次，所以又叫做「星期市場」。雖然百科全書上寫著，星期市場就像上海的市場一樣熱鬧，但伊娜可一點兒也看不出來，這兒的市場跟劉媽偶爾會帶她去逛的中國傳統菜場有任何相同之處！

劉媽每天下鍋的菜，都是早上從市場新鮮買回來的：先到種類不勝枚舉的蔬菜攤，葉菜類、豆莢類、根莖類，多不勝數。然後再去賣魚的攤位，看鱔魚在大木桶裡翻跳，看小蝦在水中不停伸著觸鬚。買完魚再走向那些關在籠子裡的雞鴨和其他可變成盤中飧的動物。牠們在柵欄後邊吱吱咯咯的叫著，各式各樣的腳爪、嘴喙，不時從籠子隙縫中伸探出來。劉媽買雞只買活的，絕不買已經躺在那兒不動的。

還有五彩繽紛琳琅滿目的水果攤，攤子上有著形形色色的甜瓜，翠綠誘人的釋迦，晶亮橘黃的小金桔，還有臭氣沖天、滿身是刺的巨大榴槤。劉媽挑水果一定每個都摸一摸，確定是否完好，再狠狠的跟老闆殺價。市場中混雜著種種氣味，香的、臭的、好聞的、不好聞的，到處都充滿討價還價的聲音，喧嘩叫嚷，此起彼落，人們只能靠手不停的比畫，確認要買的斤兩和價錢。

最後，她們還會到賣酸梅的攤子，酸梅是永遠也吃不膩的零嘴，梅核在嘴裡吸吮半天，依然甘甜可口。通常劉媽會「賞」給銀娜一小包酸梅，或是一塊包在油紙中的現煎蔥油餅。要形容上海的市場，只有兩個字：「熱、鬧」！熱鬧對中國人來說，沒別的意思，就是代表高興，代表生意好。

在德國則全然不同，這兒只能用「冷」和「靜」來形容，和中國的市場恰恰相反。所有活動都在秩序、平靜和禮貌中進行。水果和蔬菜堆放得整整齊齊，動物都是死的。「早安，馮．史坦尼茨太太，今天想買點兒什麼？」聽起來好像有不少東西可以挑選似的：大蔥、白菜、馬鈴薯，也許再來一些不好看也不好吃的小紫蘿蔔和大白蘿蔔。伊娜喜歡這兩種蘿蔔，只是因為它們的德國名字特別好玩兒罷了。顧客不准碰東西，只能用手指指著想要買的蔬果，然後老闆會秤好斤兩，客人二話沒有，接過東西，付錢走人。

所以對伊娜來說，馮．史坦尼茨太太從德國廚房裡端出來的東西，就跟德國市場給她的感覺一樣，色、香、味全無！但她也知道這麼說並不公平，因為她親眼看到德國市場的東西多麼乏善可陳。不過伊娜也發現了好幾道自己愛吃的菜：洋芋煎餅、雞蛋煎餅加蘋果泥、小麥羹和煎肉餅。

伊娜常常幫忙準備午飯。吃過午飯，馮．史坦尼茨太太會睡個午覺，那段時間，誰也不准打擾。相對的，小伊娜也不會受到干擾，她可以自己玩兒，或是一個人想想心事。通常她會躺在床上，在腦海裡整理今天新接觸到的事物：新名字、新面孔、新氣味和新口味。但飽飽的肚子和暖暖的床，常常讓思緒一不小心又溜進了劉媽的廚房。在午後陣雨的轟隆聲、唧唧的蟬鳴和爸爸親切的哼唱中，伊娜也昏昏沉沉進入了夢鄉。

驟然回到現實，阿特曼老師兩點半準時按鈴造訪。接著伊娜和老師兩人就會坐在客廳的桌子前面，開始兩小時的學習。首先，他們一起看《圖畫百科》中的一張圖，每天小伊娜都可以自由選擇一個學習主題。難道這整個陌生的世界，就在這本書的封面和封底之間嗎？要從哪一頁來開啟呢？最好還是從身邊的事物開始吧！譬如說客廳。《圖畫百科》裡的客廳，雖然和他們現在坐在其中的客廳不太一樣，但有許多詞彙，馬上派得上用場：比如飯桌、沙發、餐具櫃、收音機、書櫃等等，只有一個叫「橡樹」的東西，伊娜在馮·史坦尼茨太太的客廳找不到。圖上畫著一株盆栽裡的瘦小植物，但在上海，這種植物種在院子裡，不僅長得很茂盛，而且可以長得比人還高！不過在馮·史坦尼茨太太的客廳裡有一種東西，書上稱為「收音機」，阿特曼老師卻叫它「人民收音機」。這個東西對馮·史坦尼茨太太來說，十分重要，尤其在吃過晚飯以後。

第二個小時輪到寫字練習。伊娜有一本德國小學生用的課本，她從課本中學習字母和生詞，而且是德式的手寫體。伊娜覺得手寫的德文和口語的德文一樣，都帶刺帶鉤，有稜有角，但是非常實用。譬如今天輪到「i」上場：「往上往下再往上，最後點一點在頭上」，阿特曼老師教筆順的時候，同時教了一個順口溜幫助記憶。就這麼容易，一個字母又解決了。而這些構造簡單的字母一共不過二十六個，這對在中國必須和幾千個複雜的中文字奮戰的小孩來說，簡直就是小事一樁！德國小孩根本不知道他們有多幸福啊！

當伊娜明白用字母拼音有多方便後，心中的大石頭終於落了地：如果這二十六個字母，就可以讓人知道所有的生詞該怎麼說，那麼不久的將來，她就可以獨自將百科全書裡所有的字彙說出來，不用再去麻煩誰了。那扇通往新語言世界的大門，不就又打開了一些嘛！

吃完晚飯，伊娜重新坐回客廳。這次是和馮．史坦尼茨太太一起，兩人不再是傍著桌子坐，而是肩並肩坐在沙發上。她們先將白天學的生詞複習一遍，然後馮．史坦尼茨太太會逐一考問，看看伊娜學習的成果如何。當小傢伙的回答還算差強人意時，馮．史坦尼茨太太就會把那個叫做「人民收音機」的東西打開。

在那個時段，有個節目叫做「德國之音」，內容伊娜幾乎一個字也聽不懂。

總有一個急促、粗重、氣喘吁吁的男人聲音，情緒激昂的說著：人民異議分子、人民沒有空間、「一人民、一帝國、一元首」、人民同志……。想必是因為「人民」這個詞，總是不斷傳出來，所以收音機又叫做「人民收音機」吧！伊娜比較喜歡聽音樂節目，收音機裡也總是有播。當然，大多又是「人民的音樂」！

伊娜很快就發現了，音樂其實很實用。住進聖裴堤路的第一天，那架客廳裡黑得發亮的直立式鋼琴就吸引了伊娜的注意，以前她從未見過這樣的樂器。幼稚園裡只有一台風琴，每天早晨，大家一起唱讚美詩時，修女就會踩著踏板用風琴伴奏。那台風琴總是可憐兮兮的喘著氣，不斷發出咻咻聲。只有一次在上海跟爸爸去作客，在室內看到一架平台演奏鋼琴，由一位女士彈奏出極美妙的音符。那位鋼琴家對上海潮濕悶熱的氣候相當不滿，認為會對鋼琴造成很大的傷害。現在，這麼一架氣派非凡的樂器就擺在眼前，觸手可及。它不會喘氣──伊娜已經偷偷試驗過了──顯然也不會受到氣候之苦。

馮．史坦尼茨太太很快就發現，伊娜會不時撫摸著鋼琴，並小心翼翼的打開琴蓋，用手指試探的按著黑白琴鍵。

「妳想學鋼琴嗎，伊娜？我可以幫妳請一位老師，應該不會有什麼問題。我會寫信告訴妳爸爸的。」

「老師」、「爸爸」，聽懂了這兩個詞彙，其他的，伊娜再自己拼湊一下，剩下的就是拚命點頭了。於是畢德曼（Biedermann）小姐[1]出現了，她每星期六都會來家裡教琴。雖然伊娜始終搞不懂，為什麼在一位女士的名字當中，會出現「男人」這樣的字！但是她非常喜歡這位新來的鋼琴老師。她覺得畢德曼小姐不但人年輕，而且一頭金髮真是漂亮極了！尤其她那十隻修長纖細的手指，飛快的在琴鍵上滑行時，真是太迷人了！她的手指總是能按到正確的琴鍵，從不失誤。雖然畢德曼小姐為了想教她一首簡單曲子，在第一堂課時竟彈出了《小漢斯向前行》那首歌，伊娜也早就原諒她了。

不要，不要再來一遍！她恨死了這首歌和所有相關的記憶。伊娜因為控制不住心中的憤怒和失望，激動的直蹬腳，把年輕的畢德曼小姐著實嚇了一跳。後來兩人達成協議，學習彈奏《雅格兄弟》這首歌，因為這個旋律在中國也有，只不過在中國歌詞裡，沒有「叮噹叮噹」的鐘聲，而是有兩隻跑得很快的老虎。這正是音樂的美妙之處，人人有自己的想像空間，歌詞到後來，其實無關緊要。

於是鋼琴課也順利進行著。伊娜注意聽、仔細看，然後模仿著彈。在每

1 德文姓氏 Biedermann 中的「mann」一字，音譯為「曼」，其實就是「男人」之意。

天與阿特曼老師共度冗長、無聊的下午時光後，鋼琴課正是她最佳的休息與調劑。不知不覺間，伊娜的右手已經可以在琴鍵上任意滑行，而左手可也一刻都沒閒著。

但鋼琴還是無法取代所有伊娜想念的事物：像跟同年齡的孩子一起嬉鬧，和寶寶之間的親密友情，聽劉媽講好聽的鬼故事，和廚房裡愛吃甜食的灶王爺。這些全都不會出現在她目前清楚規畫好的日常生活表中。馮・史坦尼茨太太閃閃發亮、纖塵不染的廚房裡，冒不出灶王爺來，就算有吧，廚房主人也不需要用甜食賄賂他，因為所有的鍋子都光可鑑人，米袋裡也沒有生蟲長虱，灶王爺根本就沒有狀可告。而在幫忙削馬鈴薯皮的時候，也不可能隨意蹲坐在小凳子上，而是必須規規矩矩坐在椅背又高又硬的座椅上。

只有到了晚上，當馮・史坦尼茨太太不需要縫補衣物的時候，她才會問伊娜：「怎麼樣，想不想一起玩點兒什麼？」這時小伊娜就可以從兩種遊戲中選一樣來玩：一種是她從上海帶來的骨牌，另一種是馮・史坦尼茨太太櫃子裡原有的「不要生氣」[2]。伊娜雖然覺得「不要生氣」的名字有點兒奇怪，但遊戲確實很好玩。每當有一顆棋子——最好是她的紅色棋子——被踢回家了，必須重頭再走一次時，有什麼好生氣的呢！那就是運氣不好嘛！趕快再擲骰子就是了，擲到「六」就又可以從家裡走出來。而且只要有棋子被踢回家，遊戲就可以一直玩下去，那麼原本規定八點整要去睡覺的，就可以往後延一下了！

在聞起來始終有一點地板蠟和咖啡香的屋子裡，小伊娜每天的日程表可是排得滿滿的：早餐、購物、家庭作業、午餐、德文課、練鋼琴……但日子中就是少了點兒什麼。每當有孩子笑鬧著從街上跑過去，伊娜總是滿心渴望的望向窗外，看著他們一邊玩著抓人遊戲，一邊帶著球追打著穿過磚砌的大門，消失在城堡大院之後。在這兒，環繞著大教堂，由高大菩提樹和古老舊房子圍成的內院，被稱為「城堡大院」。伊娜還記得，她最後一次和同伴一起瘋狂的笑鬧追逐，是在前來歐洲的船上。從那之後，世界就像被箍進了一件緊身衣裡一樣，束縛在無法表達的語言、層層規矩和必須嚴格遵守的時間表之中。

2「不要生氣」：Mensch Ärgere Dich Nicht，一種德國桌上遊戲。

伊娜動著腦筋：要如何才能到樓下去，跟那些孩子一起玩呢？雖然馮．史坦尼茨太太在午睡的時候，幾乎不可能察覺到什麼，但她總不能一聲不吭的溜出去吧！在「困境」中，伊娜打開那本翻閱得破破舊舊的《圖畫百科》。這本書在她之前，已經幫助過三個年輕人解決許多問題。在書中，她發現有個主題叫做〈在公園裡〉，當中有張圖片「遊戲草場」，圖上畫著許多孩子在草原上玩球。嗯，這張圖看起來正合適！於是有一天，在吃完中飯，洗好碗盤，伊娜照例擦乾餐具之後，她取過《圖畫百科》遞到馮．史坦尼茨太太的面前，翻到「遊戲草場」那一頁，並用手指著那張孩子正在遊戲的圖片。馮．史坦尼茨太太特意把眼鏡戴上，仔細看了看那張圖，然後越過眼鏡上緣，用審慎的眼光看著伊娜。

「好吧，但是兩點整要回來，聽到了嗎？當教堂鐘塔敲兩下的時候。」馮．史坦尼茨太太嚴正的舉高了兩根手指對伊娜說。「妳得先休息一下，喘口氣，才能開始上課。還有，不要在街上亂跑，而且只准在城堡大院裡玩。」

對於那些提醒和警告，伊娜沒有聽懂多少，但訊息夠明確了！伊娜雀躍不已，她興奮地穿上從上海帶來的紅外套，第一次一個人從屋子裡走到外面，再關上那扇厚重的木製大門。有好一會兒，她站在原地不能動，驚訝於自己的勇氣。好不容易暫時沒人監管，非要好好把握時光不可！她飛快衝下那打蠟打得光可鑑人的樓梯，一步三階的往下跳。在樓梯轉彎處，她借助在欄杆扶手頂端的大圓球，來個大幅度的迴旋，加速往樓下衝的速度。

衝到門外的人行道上，她首先左右張望了一下。向右是進城的磨坊路，和馮．史坦尼茨太太一起去買東西的時候，總是順著這條路走。另一個方向不用幾步路，就到了城堡大院入口。伊娜轉身向左奔去，就在要穿過磚砌大門的時候，她回頭望了一眼三樓客廳，有一扇窗的窗簾微微掀動了一下。

老遠，伊娜就聽到了孩子嬉鬧的聲音。有一個棕髮的女孩，年紀大概跟她差不多，另一個金髮的，年紀稍小，綁著兩條辮子，還有兩個男孩，正輪流對著石牆丟球。沒有人發現伊娜，於是她靠著一棵菩提樹，遠遠瞧著他們。那個大一點的女孩正在丟著球，她口中一邊大聲數著數，一邊拍著手。她先把球丟出去，在球彈回來之前，她要完成一連串動作，而那些動作愈來愈難：首先只要拍一次手，然後得拍好幾次，再來必須將腿抬高，讓球從胯下扔過，最後還要在原地自轉一圈。在她玩球的時候，兩個男孩一直在旁邊干擾她，試圖讓她接不到球。

「喂，站在那邊的那個，想幹嘛啊？」一個男孩突然用手指著伊娜喊道。

「嘿，你們看，她瞇著眼睛哪！」另一個男孩也接著喊道。「又沒有出太陽，她幹嘛把眼睛瞇成那樣啊？」

「你們別惹她！她住在馮．史坦尼茨太太那兒。我看過她們一起去買東西。」年紀比較大的女孩打斷了他們的嘲弄，小金髮則站在旁邊一聲不吭。

伊娜不需要聽懂就了解。男孩們用食指將兩眼向外拉成一條線，這個動作她再熟悉不過。多謝指教，我知道自己在這兒是個外國人！伊娜生氣的想著。

「我叫伊娜！」她毫不示弱衝著男孩說。想嚇唬我，可沒那麼容易！

「哈哈哈，中國來的小伊娜，中國來的小伊娜！」比較大的男孩開始怪聲怪調叫嚷起來。

噢，還好嘛！伊娜想，至少在這兒我不是日本鬼子！這個開頭算不錯了。

「妳來的地方，一般人都怎麼說話？磬─鏘─瓊，還是怎麼樣？」

「我是中國人！」伊娜先用中文回敬了一句，驕傲的抬起下巴。「我是中國人，我來自上海，我今年七歲，我住在聖裴堤路二號。」伊娜一口氣講完了她能用德文講的話，這招奏效了。

「嘿，妳也會講德文啊，」男孩兒讚許的說：「那妳先前講的那句話是中文囉！對吧？」

伊娜點點頭。

「我叫珞特，」褐色頭髮的女孩這時候插了話。她個子很壯，至少比伊娜高了一個頭。「這是英格。我們正在玩『挑戰球技』，妳要不要跟我們一起玩？」

伊娜再次點點頭。德文課本裡也有一個珞特。

「我教妳。」珞特拿起球對著牆扔過去，在球彈回來還沒有落地之前，她拍了一下手。

「好，現在輪妳。」珞特把球遞給伊娜。這個簡單！

接下來必須拍兩下手，然後是三下。這也都不難。但再來就必須把球一次從右腿胯下，一次從左腿胯下扔過去，而且還要來得及拍手，最後還必須在原地自轉一圈才能接球，那可真的需要動作很快才行。兩個男孩早就放棄干擾接球的差事，張大了嘴，等著看新來的玩伴怎麼搞定這個遊戲。

「到後來動作比較難的時候，妳最好把球扔高一點。像這樣，妳看。」這時英格也插進來了，示範給伊娜看。「這樣妳就會有比較多時間。」

「時間」、「鐘」、「兩點鐘」，唉呀，糟糕了！伊娜突然想起了阿特曼老師和馮．史坦尼茨太太的警告。她迅速抬頭望向鐘塔，大鐘的指針正極具威脅的朝兩點鐘邁進。

「上課！」伊娜因為不停丟球、拍手、轉圈，一下子還喘不過氣來，她吃力的吐出兩個字並指著塔樓上的鐘。

「妳明天還會來嗎？」珞特問。

「來！」伊娜堅定的回答，雖然她一點也不確定女孩問的意思，但至少她心中渴望對方這麼問自己。

「我會來！」為了保險起見，伊娜一邊往回跑，一邊又對珞特喊了一次。「而且我會教妳們玩剪刀、石頭、布！」最後這一句話，伊娜沒有真正說出口，就算她說了，其他人也聽不懂，因為她只會用中文說。

「星期六，瑪爾塔要來看我們。」早餐時，馮．史坦尼茨太太對伊娜說。

對於好消息，伊娜總是很快就能明白。她正喝著大麥咖啡，差點兒嗆到。有太多事她想要問瑪爾塔，堂姊一回來，語言也就回來了。這些日子，伊娜總覺得自己像個牙牙學語的小娃娃，結結巴巴講不清一句話，真是討厭極了。有太多的問題和想法積壓在她的腦袋瓜裡，等著堂姊替她清倉。

「她從柏林寄來了一張明信片，寫明了抵達時間，到時候我們可以去火車站接她。」

「好耶！」伊娜高興的歡呼起來。馮．史坦尼茨太太將瑪爾塔那張沒有圖片的明信片遞給伊娜，她仔細研讀起來。堂姊的德文字十分工整，容易辨認。這些日子以來，伊娜跟著阿特曼老師學完了字母，她開始大聲的，一個字一個字的拼出來：

「親—愛—的馮．史坦尼茨太太！」第一行這麼寫著。

「我已—經—找—到—了一間—房，一切也都安—頓—好了。」哇！有夠難。伊娜不認得她讀的那些字，但羅馬拼音的好處，就是不知道字義，照樣唸得出來，這在中文裡是完全不可能的。

「我想—來—探—望—您和伊娜；如果可—以—的話，我就星—期—六，三十點來。」

「是十三點！」[3]馮．史坦尼茨太太糾正她。

我永遠搞不懂為什麼德國人要把數字倒過來唸！伊娜心中嘀咕著。好了，不管了，繼續唸：「有一─封─我叔叔寫─給伊娜的信也在─我這。」

「爸爸的信！」伊娜高聲喊著，因為太過激動，明信片從她手中落了下來。明信片上還寫了什麼，都不重要了。現在，伊娜更殷切期盼著星期六的到來。但是，為什麼爸爸不把信直接寄過來呢？欸，無所謂了，重要的是她馬上就可以拿到信了。

星期六終於到了。她們搭乘電車經過聖安娜街抵達火車站，買了月台票。從柏林來的快車駛進車站時，伊娜伸長了脖子。瑪爾塔是唯一的中國人，在成群的旅客當中，遠遠就能認出。伊娜拔腿就向她衝過去。

「嗨！阿肥……，真高興妳能來接我。」終於又聽到那熟悉、抑揚頓挫的中文！「馮．史坦尼茨太太也來了嗎？啊，她在那後邊站著呢！」

「我的信妳帶來了嗎？」伊娜才剛提出問題，瑪爾塔口裡的語言又換成了德文。她跟馮．史坦尼茨太太打過招呼後，就熱絡的向她報告別後情況。房間、柏林、翰理、大學……，瑪爾塔從車站回家的路上，就這樣說個不停。就算伊娜一路上不斷扯她的衣袖，也無濟於事。「大人講話不可以打斷！」是瑪爾塔在船上時就再三叮囑的金科玉律之一。現在她是大學生了，當然算是大人了，所以對糾纏不休的小堂妹，自然名正言順的不予理會。伊娜快要忍不住了。瑪爾塔一定要現在講那些無聊的事嗎？難道她就不能想想，我有多希望看到爸爸的信嗎？伊娜心裡生著悶氣。

馮·史坦尼茨太太似乎也沒有察覺到什麼，她一面興趣盎然，聽著瑪爾塔滔滔不絕敘述著，一面從容不迫打開了大門。終於，瑪爾塔把大衣掛好在衣帽間裡，開始在包包裡翻找起來，取出了信，並交給伊娜，然後就和馮·史坦尼茨太太一起消失在廚房裡。

伊娜站在走廊上，肅穆的看著手中的信封：信封上花花綠綠的郵票，蓋滿了郵戳，粗紙製成的直式信封，還有用中文寫成的寄信人姓名，這些看起來都那麼熟悉。這封信和她及瑪爾塔一樣，是經過了千山萬水才來到這裡。當她

3 德文數字十三叫：drei-zehn，也就是先說三：drei，再說十：zehn，剛好和中文相反。再者，德國人習慣用二十四小時制表示時間，所以總是說十三點：dreizehn Uhr，而比較不用「下午一點」。

屏息凝神的從信封中抽出信紙，鼻尖因為心情激動而不自禁的一酸。信紙先包折，然後在上方約三分之一處，又往下折了一折。整張信紙從上至下，是用毛筆寫的，工工整整的蠅頭小楷寫滿了一張。

伊娜一下子愣住了。刹那間她意識到，自己和爸爸的距離不單是遠隔重洋，還包括了語言和文字。她認不得爸爸寫的漢字，爸爸也看不懂她寫的德文。想到這裡，淚水一下子湧進眼眶，一滴滴落在信紙上。幸虧中國的墨汁要比西方的墨水防水一些，伊娜迅速將信又折了起來。

「要我唸給妳聽嗎？」瑪爾塔問。她手裡端著裝滿東西的托盤，踏出廚房，正要往客廳走去。在昏暗的走廊上，她沒有察覺到伊娜哭了。

難怪爸爸把信寄給瑪爾塔，他知道若沒有堂姊幫忙，我是看不懂信的，可瑪爾塔滿腦子只想著自己的事。但，抱怨委屈無濟於事，現在只能靠堂姊了。

「是的，謝謝！」伊娜輕聲回答。

「還是進客廳來吧！走廊上太黑了，我什麼也看不見。咦……怎麼了？妳幹嘛哭啊？難道不高興收到信嗎？」

這個瑪爾塔，怎麼就是什麼都不懂！

「好，聽著，妳爸爸的信是這樣寫的——」

我親愛的女兒銀娜：

妳好嗎？冬天快要到了，妳去德國也有好一陣子了。我希望妳已經適應那邊的氣候，也習慣了馮．史坦尼茨太太家裡的生活。很遺憾的，我個人並不認識馮．史坦尼茨太太，不過我們兩家一直有著深厚的情誼。我很高興妳能在德國受到妥善的照顧，因為這兒的情況已有了很大的改變。妳是知道的，劉媽回了鄉下老家，而我也必須跟著銀行遷到重慶。

一個人在重慶生活沒有什麼大問題，但是身邊少了妳，少了劉媽，少了廚房裡乒乒乓乓的聲音，屋子裡變得好安靜。我們現在必須耐心等待，看政治的情勢將會如何發展。希望戰爭不要持續太久，妳能盡快回到中國來。答應我，要不時跟美華練習中文，不要完全忘記妳的母語。

做個乖女兒，好好用功讀書。爸爸非常想念妳。

愛妳的父親

中華民國二十六年十一月十九日於重慶

學校

1938年4月20日｜布蘭登堡

今天早晨叫醒伊娜的不是教堂鐘聲，而是一陣敲門聲。奇怪……當伊娜正在考慮，該怎麼用德文反應時，門輕輕的開了。伊娜還沒有看到是誰踏進了房間，先看到了托盤從門外伸了進來，托盤上放著冒著熱煙的杯子，還有盛著一塊大理石蛋糕的盤子。

「早安，伊娜！今天是妳的生日，壽星可以在床上吃早飯。祝妳生日快樂！」

生日？伊娜錯愕的看著馮．史坦尼茨太太。

「今天是四月二十號[1]，八年前的今天妳來到了這個世界。祝妳八歲生日快樂！」馮．史坦尼茨太太鄭重的恭賀小伊娜，並將托盤放在床頭桌上。

伊娜這下子全醒了。四月二十號——是我的生日嗎？為什麼是這一天？伊娜這次的疑問很特別，並不是因為有聽不懂的生詞，她很明白生日是什麼意思。對德國小孩來說，生日是個快樂的日子，總會大肆慶祝一下。當初在船上及後來珞特過生日的時候，她都會獲邀參加生日宴會。但對伊娜來說，這一天不是什麼美好日子，她壓根兒就不希望想起這一天。首先，這日期就是德國入境局隨便分派的，因為中國小孩通常在過年時慶祝長大了一歲，所以她的護照只註明了出生年一九三〇，沒有記載確切的出生日期。再來，生日對伊娜來說，只剩痛苦和傷心罷了。但這些馮．史坦尼茨太太當然不會知道。

「噢，我們在中國是不過生日的，小孩都在過新年的時候，一起慶祝長大了一歲。」伊娜試著解釋。

「妳是說在十二月三十一號的時候嗎？」

「不是，是在過中國年的時候。我們的新年是按照陰曆算，都是在春天，所以又叫春節。」

「那到底是幾月幾號呢？」

「不知道。每年都不一樣，因為跟月亮有關係。」

「好，那我們就先按照這裡的習慣，今天來慶祝妳的德國生日吧！」

「不用了，真的。」伊娜抗拒著，但又不想對馮．史坦尼茨太太不禮貌。能在床上吃蛋糕真是一項特權，但她要如何讓馮．史坦尼茨太太明白，關於中國春節的說法其實只是事實的一半。中國人同樣重視過生日，但主角不是孩子，而是母親。生日當天孩子要感謝媽媽在劇痛之下，將自己帶到世界上來。伊娜的媽媽就是在生她的時候，因為疼痛太過劇烈，最後不幸身亡，生日對伊

1　四月二十日為希特勒的生日。

娜來說是最難過、最傷心的一天。所以她根本不願意去想，也不願意談論這件事。

祝賀的人感覺到伊娜的抗拒，雖然不明白箇中原因，但以她的經驗和智慧，也知道不用覺得伊娜「不知好歹」。不慶祝生日或許是另一種文化的習慣，也或許有個人的理由。

「也許我們可以在另一個中國節日的時候，再來一起慶祝一下？」

「嗯……。」伊娜再度陷入沉思。她突然想起了「中秋節」──和爸爸、劉媽及寶寶一起在後院溫馨的野餐，和美華在船上一起度過的寂寞月夜，還有爸爸寫給她的那首詩，一個跟心愛的人共賞明月的節日。其實，現在馮．史坦尼茨太太也算是自己最親愛的人了。

「也許可以在中秋節的時候。也就是月亮最有『希望』的時候。」伊娜還不認識「滿月」這個字，所以她就直接從中文字面「望月」翻譯過來。當她看到馮．史坦尼茨太太一臉疑惑時，趕緊接著解釋：「意思就是月亮最圓的時候。我們會和家人一起到戶外去野餐，一起欣賞月亮。」

「這真是個好風俗。只是德國秋天到了晚上，想要在戶外野餐，可能有點兒太涼了。不過我們還是可以坐在陽台上，從那兒欣賞月亮倒是非常理想。當然，一定要把瑪爾塔也請來。但是到中秋節還要好一陣子，所以我想，現在妳還是先把大理石蛋糕吃了吧！」

這句話不需要多說，一遍就夠了。

就在伊娜生日過後不久的一天早晨，出現了剛好相反的情況：「妳怎麼已經起來了，現在才六點半啊？」馮．史坦尼茨太太坐在廚房裡，用充滿詢問的眼光越過報紙看著伊娜。

「我今天要去上學，不可以遲到的。」

「伊娜，妳不會遲到的！到學校的路就數妳最近了。」

沒錯，那間小小的教堂學校就在通往城堡大院的大門旁，甚至從客廳的窗戶望出去就可以看到赭紅色磚砌建築。

「珞特七點四十五分來接我，她會在門口按三次鈴，我就下樓去。」

善良、可靠、紮著兩條粗辮子的珞特，若沒有她，前半年的日子真不知道要如何度過！她總是來接伊娜出去玩，狠狠糾正她的發音，而且趕跑了一大堆在伊娜面前扯眼拉皮，扮瞇瞇眼的小孩。珞特可真不饒人。有一回她趕跑了一個滿臉雀斑的男孩，並且還對著他的背影叫道：「先去把你臉上的髒東西洗乾淨了，再來跟我們說話！」

「既然妳已經起來了，就把餐具擺好吧！我們有足夠時間可以慢慢共進早餐。」

當伊娜將托盤端進客廳，發現有個小紙包放在她的座位上。

「這是給我的嗎？」

「是啊，妳正式上小學了，但要送妳一個『入學甜筒』[2]，卻又嫌太幼稚了。因為那通常只送給一年級小朋友的。」

沒錯，送伊娜「入學甜筒」真的不合適。因為她將和珞特一樣，上小學四年級。去年她和阿特曼老師一起努力完成了小三的課程，並且通過了插班考試。

伊娜迫不急待撕開了包裝紙，閃亮的棕色牛角髮箍呈現在眼前。伊娜快步跑到走廊上的大鏡子前，將髮箍戴上。濃密的黑色短髮，被髮箍略微向後推梳了一些，勻稱的圓臉於是看得更加清楚。寬寬的顴骨，嬌小的鼻子，漆黑的丹鳳眼。伊娜將額前的劉海用手梳好，滿意地看著鏡中的自己。戴上髮箍的她看起來比實際年齡大些，這很重要。在班上她比其他同學小很多，但她必須堅稱自己是四年級學生。

伊娜興高采烈，蹦蹦跳跳的回到客廳。「謝謝，真是謝謝！我可以現在就戴著她嗎？」

「是戴著『他』，」馮．史坦尼茨太太糾正，「髮箍是陽性的。」

真虧德國人想得出來，居然每一個名詞都有一個帶著「性別」的冠詞，還分成陽性、陰性和中性三種！為什麼所有的東西都要有性別呢？為什麼還設下那麼多不同的陷阱呢？為什麼明明是女生戴的「髮箍」，卻偏偏是陽性的呢？不過這些小細節，早就不妨礙伊娜用新語言來表達意思了。而且她還有別的事情要煩心。

「我可以把午餐要吃的麵包裝進書包裡了嗎？書包到底放在哪兒啊？」伊娜問馮．史坦尼茨太太。

「在儲藏室裡。就在門旁邊。」

「Abstell-raum，儲藏—室」——又是一個拆開、組合、再拼湊起來的詞彙。自從在德國計程車上，首次邂逅「Koffer-raum，行李—廂」這個名詞後，伊娜

2 Schultüte。德國小孩去上小學的第一天，父母都會送他們一個裝滿甜食零嘴的圓筒，以為鼓勵。為德國傳統習俗。

收集了為數不少的類似詞彙。人民收音機是個取之不盡，用之不竭的泉源，雖然裡面談論的話題，她不是每次都聽得懂。譬如裡面就常提到有一個民族，是沒有「Lebens-raum，生存—空間」的，所以被稱為「沒有空間的民族」。對於這種用詞，伊娜雖然不是十分了解，但她總是能將乍聽之下沒有意義的一長串音節，拆開成具有意義的幾個字。

不過「儲藏室」這個位在走廊盡頭的實用小房間，從字面組合，就可以清楚知道它的功能：所有在屋子裡會妨礙走路的東西，都能在那間小「室」找到「儲藏」的地方。就好比伊娜現在要找的書包。那是個舊的皮製後背式書包，以前在這寄宿的孩子都背過，所以褐色外皮早已斑剝。但這對伊娜來說卻再合用不過：至少這個書包不會像在上海時那樣引人注意。她現在不用天天眼巴巴眺望窗外，追尋其他孩子的背影；也不必老是一個人跟老師坐在桌前學習；她終於有了歸屬的群體，成為當中的一員。背著這個德國書包，伊娜要去讀德國小學了！但是，要想成為一個真正的德國小學生，伊娜的路還長著呢！因為這和「種族」有關係，「種族」是人民收音機鍾愛的另一個字眼。

當伊娜把裝著蘸水筆桿、鋼筆尖、鉛筆、橡皮、削鉛筆機和尺的鉛筆盒，以及筆記本和演算簿等文具一一收進書包時，既興奮又難掩一絲焦慮。所有課本在上星期，都和馮．史坦尼茨太太一起，用結實的包裝紙包好了。今天午餐盒裝著的是一份果醬麵包和一顆蘋果。伊娜站在走廊上，拎著大衣，背著書包，焦急又滿心期待的等著珞特來接她時的鈴聲。

「好好去上學，自己一切小心。」馮．史坦尼茨太太對伊娜說。這位清癯高瘦、髮髻梳得一絲不苟的女士彎下身子，用她那狹長乾燥的嘴唇，在伊娜的面頰上輕輕吻了一下。

突然間鈴聲大作，將兩人分開。

「我走了，再見！」伊娜用力拉開門，揮揮手，直衝下樓。在扶手轉彎的地方，她不忘利用圓柱來個大旋轉，加速往門口衝去。

「早，伊娜！」

「早，珞特！」

伊娜勾住珞特的手臂。在那群聒噪、喧鬧的孩子當中，能有這麼一位「老」朋友陪在自己身邊，她心裡有說不出的高興。

「辛德瑪荷小姐知道妳今天要來上課，妳可以坐在我旁邊。」珞特說。

順著街道往下走，到了城堡大院向右轉，再沿著圍牆走幾步路，那棟堅固的紅磚建築映入了眼簾，環繞在建築周圍的是一圈石砌矮牆，孩子正成群湧入院落，今天是開學的第一天。

「她就是那個新來的嗎？」——「她在哪個班上課啊？」——「妳知道她是從哪兒來的嗎？」她們一踏進校門，就聽到無數的問題和耳語來自四面八方。

「沒錯，」珞特像伊娜的代言人一樣，對著大家宣告：「她叫伊娜，是我的好朋友。她來自中國，和我一起在四年二班上課。」

幸好這時候上課鈴響了，打住了所有還沒有問出口的問題。全校學生照著班級，兩人一組開始排隊。一位個子小小、精神奕奕、留著一頭又捲又短褐髮的老師，站在教室入口迎接四年二班。孩子成雙成對的跟在她後面，魚貫走進四方形教室。有三排座位整整齊齊排在教室裡，最前方則擺著一個斜面講台。所有桌面上都有個放置墨水瓶的洞，桌面下則是放置書包的夾板層。講台後邊牆上釘著一面黑板，黑板上方懸掛著一幅照片，照片上的男人留著一撮小鬍子。伊娜後來知道，有些人在街上打招呼時互相叫喊的那一聲，就是跟他有關。每次聽到這種喊叫，伊娜都覺得很奇怪。這個人又不在場，幹嘛總是問候他？可在學校裡，同樣也用這種方式問候，大夥兒必須先把右手向前方高舉，對著照片高喊一聲：「希特勒萬歲！」接著才跟老師問好：「早—安—，辛—德—瑪—荷—小—姐——！」珞特把伊娜推到她該坐的位子上，於是三十三雙腳開始在斑剝的木地板上磨蹭起來。

「今天我們要歡迎一位新同學，她叫伊娜．陳。她已經在教堂島住了一段時間，所以妳們當中可能已經有人認識她。伊娜是從另一個國家來的，必須先學習德文，才能到我們學校來上課。伊娜，介紹一下妳是從哪裡來的，好嗎？」

伊娜站起來，因為害羞、緊張，兩隻腳不安的在地上交互踏著。

「我來自上海，那是中國一座很大的城市。我們國家在打仗，日本人……」伊娜停了下來。她要如何才講得清楚，自己是怎麼來到這間教室的！那些錯綜複雜的情況，甚至連她自己也搞不懂是怎麼回事啊！

辛德瑪荷小姐幫她把話接下去：「那妳花了多久時間才來到德國的呢？」

「我們坐船坐了三星期。首先橫越大海，然後從沙漠中間穿過去，我們經過了蘇伊士運河，從船上就可以看到岸上的駱駝哦！接著我們又搭火車翻過好高好高的山，那裡有永遠都不會化掉的雪。」伊娜現在可樂在其中了，她知道全班的注意力都集中在自己身上。如果辛德瑪荷小姐沒有打斷她的話，她還可以滔滔不絕往下講。

「聽起來真是有趣啊！下次我們上地理課的時候，一定要先從地球儀上找到上海在哪裡，然後看看妳是橫渡了什麼海到歐洲來的。現在，請大家把筆記本拿出來。」

伊娜鬆了一口氣，坐回自己的位子上。

「這學期我們要先學一首詩。這星期天就是母親節了。我們的元首對德國的母親特別尊重，為了感謝她們為德國人民所做的貢獻，只要是生了三個孩子以上的媽媽，都會獲頒『傑出母親十字勳章』以示表揚。至於妳們，在母親節這一天記得要對媽媽特別親愛，並且盡可能幫她分擔家事。妳們可以準備一份小禮物，或一束鮮花送給她，然後背誦這首詩給她聽。我現在把詩寫在黑板上，妳們把它抄在筆記本裡，到了周末，應該就可以背起來了。」

辛德瑪荷小姐拿著粉筆嘎吱嘎吱寫著，黑板上從左至右，出現了一條條鋸齒狀的橫線。對於手寫的德文字母，伊娜已經可以毫不費力的辨認成字，逐字成句，逐句成文：

我們找到了漂亮的小花，
做成美麗的花束與花環，
送給我們最親愛的媽媽。
請用慈愛眼神告訴我們，

它們是否能討妳的歡心：
我們編結的花束與花環。

在累人的抄寫過程當中，珞特用手肘碰了伊娜一下，差點兒撞掉她手中的鋼筆。

「我家附近的樹林裡，有個地方長了很多五月鈴。我們星期六可以一起去摘一些回來。」

「倒數第二排安靜！」

辛德瑪荷小姐什麼都看得到，聽得見，就像上海廟門上畫的，專門嚇唬人的門神，千里眼和順風耳一樣。

珞特家位於教堂島邊緣，離伊娜住處不過兩條街之隔。但是那兒已經屬於郊區，遠離了城市的建築，也遠離了城市的交通。在那一大塊土地上，甚至還有一片樹林，伊娜始終覺得那兒陰森森的。在上海的時候，她頂多和劉媽一起去過幾個公園，那兒的人要比樹多得多。但這兒卻剛好相反。在她的想像中，那片濃密陰暗的灌木叢，一定住了很多德國童話裡的小精靈，或是中國鬼故事裡的小妖怪。雖有這層雙重顧慮，雙重障礙，但伊娜絕不讓好友發現這一點，因為她很喜歡到珞特家去。在珞特家，一切都輕鬆自在多了，不像在馮·史坦尼茨太太那兒，凡事都好嚴格。

那棟新房子就蓋在水邊，只靠一座橋連接外界的交通。冬天時，水常常淹沒低窪的草坪，結冰後，可以放心大膽的在上面溜冰。珞特的爸爸是耳鼻喉科醫生，媽媽也在診所幫忙。每次看完病人以後，夫妻倆就會在房子旁邊的網球場上打網球。珞特的爸爸總是穿著白長褲，伊娜的父親也有一條那種長褲。當初他就是穿著那種麻質西裝褲，開車送伊娜到火車站，讓她一個人坐火車到青島的育幼院……。

又打鐘了，伊娜嚇了一跳，學校下課鐘將她拉回了現實。幸好，她已經抄完黑板上的詩。筆記本一一闔上，辛德瑪荷小姐最後再一次叮嚀，椅子乒乓一陣亂響，全班一窩蜂湧入了石砌圍牆內的操場。

兩個女孩馬上就被同學團團圍住。辛德瑪荷小姐在課堂對伊娜簡短的訪問，早已讓同學們按捺不住心中的好奇，想要一問究竟。千奇百怪的問題排山倒海而來，但伊娜見招拆招，表現一點兒也不含糊。一個小女孩甚至抓住她的頭髮問道：「它們是真的嗎？」

另一個女孩發現了伊娜手腕上掛著的翠玉小獸。「這是什麼奇怪的動物啊？在中國真的有這種動物嗎？」

這個時候，伊娜很樂在其中：「這是麒麟，是一種神話動物，」她解釋著，「牠不是真的，只出現在故事裡。但牠能給人們帶來幸運。」至於麒麟還會讓人多子多孫的傳說，就不用提了。

「啊，這種東西我也有，」提問的女孩接了伊娜的話，並從襯衫領下拉出金鏈子來，鏈子上掛著金色四葉吊飾，「這是一株幸運草。通常它們都只有三瓣葉子，但也有四瓣的，四瓣的會帶來好運。」

伊娜記住了這一點，並期待將來能找到四瓣幸運草。把兩種文化中的幸運物都帶在身邊，絕對錯不了。

放學後，伊娜和珞特一起閒逛回家。上學的路實在太短了，兩人總是要繞上幾圈，才能說完想說的話。伊娜覺得自己好像通過一場考試一樣，終於可以鬆口氣。她的「與眾不同」今天已經被注意、被觸摸、被評論過了。或許今後，她就可以像個普通德國小孩一樣，正常過日子了。可是珞特不經意的問題，馬上又讓她不自在。

「妳覺得我們的老師怎麼樣？」

「還可以吧！」伊娜先支吾了一下，終於還是決定發洩失望的情緒。如果不跟珞特說，還能跟誰說呢？

「我幹嘛要背那首無聊的詩啊？我又沒有媽媽！」

對於這問題，就連反應一向靈敏的珞特，也一時答不出話來。她稍微想了一下，用手臂圈住伊娜的肩膀，對矮了一個頭的好友說：「就把它當作是德文作業吧！但妳還是得陪我去摘五月鈴，就在我家附近的樹林邊上，我知道有個地方長了很多。」

五月鈴——「五月」，月份的五月，「鈴鐺」，掛在教堂裡的小鐘？伊娜雖然不太能想像這種花到底長得什麼樣子，但只要珞特知道它們的模樣就夠了。她們約好星期六下午見面。

那個星期六是伊娜到達布蘭登堡七個月以後，真正稱得上「暖和」的一天。終於可以穿短袖衣服，終於可以脫掉厚重大衣，終於可以不用再穿扎人的毛襪和吊襪帶了！為了說服馮．史坦尼茨太太准許她穿半統襪出門，伊娜花了好大力氣。「好吧，但妳們不要坐在濕冷的土地上。初春的頭幾天，最容易感冒了。」

珞特在橋頭等她。橋下是一條大排水溝，橋的另外一端就是那片空地。英格也來了，金黃色的粗辮子，炯炯有神的藍眼睛。她的父母在卡塔琳娜教堂廣場上開了一家糕餅店兼營咖啡館。伊娜是在英格的慶生會上認識他們的，那個生日宴會裡有好多好吃的蛋糕，還有怎麼喝也喝不完的熱巧克力！

「嘿！伊娜，」珞特說，「我已經勘查過，後面靠近樹林的地方最多五月鈴了。」珞特扯著伊娜，三個人朝著草原盡頭那座濃密的小樹林跑去。

「看！」珞特指著一些光滑、翠綠、葉端像甜筒般向裡捲的尖型葉片，「這就是五月鈴的葉子，我們一定可以在別處，找到已經開花的。」她勇敢往灌木叢的深處爬去，不一會兒兩個留在原地的女孩兒就聽到勝利的歡呼聲：「看啊，在這裡！有好多！天啊，真是太香了！」

伊娜很快跟著爬進去，在她還沒有看見那開在每株莖頭，像一串串小鈴鐺垂掛著的白色小花前，一股濃郁花香已經撲鼻而來了——難怪叫五月鈴——這種味道，她以前只在香皂裡聞過。三個女孩趴在潮濕的草地上，興奮的摘著花，直到每人手裡都有了一大束五月鈴。

「太棒了，我要在下面綁一個蝴蝶結，然後明天早上送到我媽的床邊去。」

英格開始說她的計畫。珞特因為伊娜的關係，本來想使個眼色警告英格不要亂講話，但英格已經又自顧自的說了下去。「然後我就可以背那首詩給她聽。至於花環嘛，就省了吧！哎喲，那首什麼鬼詩，我根本就還背不起來呢！」

「我也一樣啊！」珞特插嘴進來，用誇張的語調高聲吟頌：「……『不知是否能討妳的歡心』，這誰聽得懂啊！妳聽得懂嗎，伊娜？我可是鴨子聽雷。真虧辛德瑪荷小姐，想得出這些花招來。」

伊娜聳聳肩，好像背詩對她來說，同樣也是個大問題似的。其實背東西對中國小孩來說，不是什麼難事，他們很早就開始訓練背誦記憶，以便能正確記住每個字的聲調。直到今天，伊娜還能一字不漏背出吳猛被蚊子叮咬的故事。這麼簡單的幾行詩，對她來說，根本就是小事一樁。只是現在「一束小花」有了，缺少的卻是一位「德國母親」。但兩位好友的高昂興致，多少也感染了伊娜。再說，這麼美麗芳香的花朵，不送可惜！於是伊娜又摘了一些葉子，讓花束鑲上一圈漂亮的綠邊。她們在橋頭互相道別。英格沿著磨坊路往城裡走去，伊娜則在之前就先轉進了聖裴堤路。

神不知鬼不覺，伊娜把花兒偷偷帶進了房間，放進了臉盆，加滿了水，並用毛巾蓋上。

道晚安的時候，馮．史坦尼茨太太抬高了鼻子，用力嗅了嗅。

「妳這兒聞起來好香啊！」

「噢，那一定是我們前些時候買的新肥皂。」伊娜不動聲色的回答，睫毛沒眨一下，想都沒想就脫口而出。劉媽以前跟她說過，那叫「必要的謊言」，若出於好意，是被允許的。雖然只是要送給寄宿家庭的媽媽，但要「給德國母親一束小花」，怎麼樣都算是好的心意吧！

第二天早晨，伊娜在教堂的七聲鐘響中醒過來，她又遲疑了起來。星期天可以睡晚一點的，通常她會舒服的賴在床上，想辦法再睡個回籠覺，直到教堂鐘塔宣告下一個整點。可今天她再也睡不著了。

母親節——跟她有什麼關係！這輩子她還沒有叫過誰一聲「媽媽」，因為母親在生她的時候就難產去世了。劉媽是她的保姆兼管家，基本上也有點像媽媽，因為劉媽的「媽」和媽媽的「媽」是同樣一個字。現在，她又有了「寄宿養母」，一個名字又長又難唸的德國寄宿養母。「媽」和「母」，「姆」和「媽」，伊娜推敲玩弄著這兩個字的音節，「母」像母親一樣，讓人感到安全，「媽」像劉媽一樣，讓人心裡溫暖，胃裡飽足。「母—媽，姆—媽」，她大聲喊了出來。伊娜不敢再往下想，現在最好把心思轉到要做的事情上，免得眼淚又要掉下來。

三聲鐘響：七點三刻。伊娜滑下床，從臉盆取出五月鈴，稍稍整理花束，同時背誦了一遍那首母親節的詩。然後她就穿過走廊，向馮．史坦尼茨太太的臥室走去。早上她們通常都在廚房碰面，馮．史坦尼茨太太多半是在弄早餐，不然就是在看《布蘭登堡日報》。雖然以前她也進去過那間沒有暖氣、空間寬敞、並排擺著兩張床的臥室，但她從來還沒見過馮．史坦尼茨太太躺在床上的樣子，不管是在哪一張床上。她拘謹的敲了敲門。

「是伊娜嗎，妳已經醒了？進來吧。」

伊娜小心翼翼打開了門，將那束五月鈴從門縫中伸進臥室。

「馮．史坦尼茨太太，今天是母親節，所以我想……雖然您不是我的媽媽。」伊娜不知道該怎麼說下去，結巴了起來，幸虧還有那首背好的詩可以幫她解圍：

我們找到了漂亮的小花，
編成美麗的花束與花環，

送給我們最親愛的媽媽。
請用慈愛眼神告訴我們，
它們是否能討妳的歡心：
我們編結的花束與花環。

「真是太謝謝妳了！伊娜。這些五月鈴好香，簡直就跟肥皂的香味一樣。」馮・史坦尼茨太太促狹的對伊娜眨了眨眼。「伊娜，我其實考慮了很久，關於我的稱呼，我想妳可以改一下了，也許今天正好是個機會。現在我們已經很熟，就不要再用『您』而改用『你』來稱呼吧！彼此直接叫名字就可以了。再說，我的姓實在很長，所以今後妳就叫我伊莉莎白阿姨吧，怎麼樣？」

「但那還是好長啊！」伊娜衝口而出：「我可以叫妳『姆媽』嗎？」

「姆媽？……」馮・史坦尼茨太太在口中咀嚼著這兩個音節。「這是中文嗎？」

「算是，一點點，一半吧。」伊娜閃爍其詞的回答。

「『姆媽』，好啊，就用這個稱呼吧。」

組合字彙是伊娜的最愛，但這稱呼是怎麼組合起來的，她寧可自己知道就好。馮・史坦尼茨太太正想繼續問下去的時候，伊娜趕緊搶著說：「今天是母親節，我現在就幫妳磨咖啡豆去！」

星期天帶來的「為什麼？」

1938年夏天

這個夏天伊娜最喜愛的一個詞，就是「高溫假」。這個規定真是太棒了，雖然伊娜不完全明白放假的意義何在。「二十八」是個神奇數字。當氣溫高達攝氏二十八度，四年二班的全體學生就可以放假回家了！二十八度叫高溫？這種溫度下，伊娜額前一滴汗也流不出來。大家應該到上海去一趟，那兒夏天又熱又悶，整座城市就像被又濕又燙的熱毛巾覆蓋著，密不透風，才真該放高溫假。

班長一從教員辦公室帶回好消息，所有人下一分鐘就收拾好書包。伊娜、珞特和英格約好了在格林路上的露天游泳池碰面。

「住在這麼多水的城市裡，小孩子一定要學會游泳。妳總不希望跟菲策・柏曼一樣吧！」姆媽這麼說。氣溫愈來愈像夏天了，於是姆媽替伊娜報名了游泳課。布蘭登堡的小孩，甚至包括伊娜在內，都知道可怕又可悲的「菲策・柏曼事件」。好友教她唱過一首關於這故事的歌。三個小妮子最愛一起大聲唱著其中那句：「好心的人啊，你們救救我！」[1]這句歌詞中的受詞文法完全錯誤，但就是可以扯開喉嚨大聲唱，沒有任何老師會糾正她們的錯誤，因為那是一首「國民的歌」！

理髮師菲策・柏曼先生（Fritze Bollmann, 1852-1901）釣魚時，不小心落水淹死了。現在他的雕像坐在游泳池前的噴泉上，用來警惕那些不會游泳的人。離他不遠處，有另一座裸體女人雕像，四周圍繞著許多半人半魚，吹著海螺的海怪。姆媽告訴她，那些海怪叫做提利托納，而女人則是女海神卡拉帖雅。但布蘭登堡老百姓可不管那麼多，逕自將她嫁給菲策，稱呼她為「柏曼寡婦」。

在游泳老師的長桿引導下，加上胸前套著用軟木塞做成的游泳圈，伊娜在水中愈來愈自在。在青島時對水的莫名恐懼，現在已不復見。她不再是掛在老師「釣桿」上的魚，而是水中悠游自在的魚了，甚至在深水中也怡然自得。只有一樣東西，總是從別人的泳衣上向她炫耀，讓她豔羨著。就是那枚十五分鐘游泳檢定證明的徽章。

放高溫假的日子就是盡情戲水，讓水花四濺、尖叫連連。空檔休息時候，三個小傢伙就躺在溫暖的沙灘上，對著過往的泳客一邊竊笑私語一邊品頭論足：看啊，那個誰也來游泳了；瞧耶，就是那個帥哥，他的三公尺跳水跳得最棒了。

1 德文中有直接受詞（受格，Akkusativ）和間接受詞（與格，Dativ）兩種。Liebe Leute rettet mir!「好心的人啊，你們救救我！」一句中，救救我的「我／ich」應為直接受詞，即受格「mich」，而不是間接受詞，與格「mir」。

「伊娜，如果妳能通過十五分鐘的游泳檢測，我們就去我爸媽的咖啡館慶祝！」英格說。

「噢，那你們可以把檸檬汁冰起來了，不會太久的。」珞特鼓勵的說。

珞特又說對了，一星期後，伊娜就準備好參加考試。持續十五分鐘的游泳不是問題，伊娜從來就不乏耐力和堅持。但是要頭朝下，跳進那變幻莫測的水中，就需要克服心理障礙。偏偏那個從一公尺高的跳板上往下跳的「起跳」，也在考試範圍之內。

伊娜站在跳板上，再次感受到腳下的起伏晃動。如果可以，她真想逃開算了，或者至少能摀著鼻子，像投「炸彈」一般的跳進水裡。但那是違反規定的，參試者的雙臂必須向前伸直，先接觸到水面。恐懼感沿著伊娜的背脊往上爬。但想到站在泳池對面的珞特和英格，正滿心期待等著和她一起享用蛋糕！又想到姆媽今晚就可以幫她把通過檢測的徽章縫在泳衣上。何況，這種經驗，又不是第一次！她不是早就頭朝下的跳進過其他地方了嗎？先是一頭栽進一個全然陌生的國家，又一頭栽進一種全然陌生的語言。不會那麼容易就沉下去的，這點她早就學到了。於是，伊娜跳了下去。

三個小傢伙氣喘吁吁，跑到了卡塔琳娜教堂廣場上的「方克斯坦咖啡」，英格的母親正站在糕餅店櫃台後面，金黃頭髮，紅潤面頰，跟她的女兒一個樣。

「她通過了！」英格大聲嚷著：「伊娜通過十五分鐘游泳檢測了！」

「真的嗎？太好了！這一定要慶祝一下，妳們都坐到隔壁去，反正現在沒有別的客人，整間咖啡館都是妳們的。過去之前，每個人先選一塊蛋糕。還有，看看妳們的嘴唇，一點兒血色都沒有，我看還是別喝冰檸檬汁了，喝熱巧克力吧！」

「謝謝！」伊娜和珞特一起屈膝行禮。英格則像個大施主似的在一旁笑著。

伊娜選的是草莓蛋糕加鮮奶油，由英格的爸爸親自招呼她們。他是個深色頭髮的大高個兒，臉上總是帶著微笑。在自家店裡工作的時候，他一定穿著體面的條紋長褲、黑西裝外套、手臂上還搭著白餐巾。

三個小妮子選好一張圓桌，有模有樣的在綠色絨椅上坐下來，儼然一副小大人的樣子。

「唉喲，我看妳站在跳板上一動也不動，就想完蛋了，妳大概不會跳了。那妳的游泳檢測也就拜拜了。」珞特一邊說一邊用叉子朝她那塊切得特別大的核桃果醬蛋糕叉下去。

「是啊，那妳的蛋糕也就拜拜了。」伊娜一句話就把路特堵了回去。「承認吧，妳自始至終就只想著核桃果醬蛋糕。」

伊娜抬頭挺胸，肚腹飽飽的往回家路上走去。途中她一再停下腳步，驕傲的看著那枚刺繡的徽章和游泳教練頒發的證書，證書上寫著自己的名字。最後的一段路，她奔跑了起來，全身發熱的跑到門口，一陣旋風似的猛按門鈴。衝上樓後，她發現大門半開著，姆媽已轉進了廚房。

「姆媽，姆媽，我通過泳測了。妳看，這是我的徽章，妳要馬上幫我縫在泳衣上！」伊娜在走廊上就喊了起來，並一路衝進廚房。姆媽正在一堆洗得乾乾淨淨的空玻璃罐和一個正冒著煙的煮鍋間忙著。

「那也得等泳衣乾了才好縫啊！妳先把泳衣晾到陽台上去吧！妳沒看到我正在煮果醬嗎？」

伊娜當然看到了，也知道泳衣還濕答答的塞在袋子裡，只是對好不容易才獲得的重大勝利，她多期待有稍微熱烈的祝賀場面啊！當她把泳衣晾好在廚房陽台的曬衣繩上，一股巨大的悲哀突然迎面襲來，伊娜差點就要哭出聲。可是她強忍著一語不發，悄悄經過姆媽身邊溜出了廚房。才剛剛踏進房間，伊娜的胃就造反，像一波波浪潮上下翻湧，伊娜吐了。原本吃進去的草莓蛋糕、鮮奶油和熱可可，變成一股酸浪，直洩進搪瓷臉盆中。伊娜整個人好像噎住了似的，被吃進胃裡的午茶點心噎住，更被突如其來的強烈寂寞感與巨大悲哀所吞噬。

伊娜用濕毛巾把嘴角擦乾淨，然後就蜷曲到床上去，動也不動的躺著，不知躺了多久，姆媽終於打開房門，朝房裡看了看。

「我到處都找不到妳，怎麼了？哎呀，妳吐了嗎？怎麼都不說一聲呢？」姆媽坐到床沿上。「今天一下子發生太多事情了，先是游泳檢測，又緊張又累，加上太陽那麼大，後來又喝了熱可可，吃奶油蛋糕……。」伊娜用孱弱的聲音回答，姆媽將伊娜的頭轉向自己，摸摸她的前額，並輕輕觸著她的面頰。「哎呀！妳燒得好燙。我先把這兒收拾收拾，然後我們來喝點兒菊花茶，再冰敷一下。」

伊娜聽任姆媽擺布，對她來說，一切都迷迷糊糊的，最後她筋疲力盡睡著了。第二天早上醒來，伊娜一張眼就看到，椅子扶手上搭著她的深藍色泳衣，泳衣左下方縫著那枚醒目的徽章：她那通過了十五分鐘持續泳測檢定的徽章。

星期天大致可以分成兩種：一種是有瑪爾塔來作客的，一種是伊娜一個人無聊待在家的。

瑪爾塔來探望時，就住在伊娜房間斜對面的客房。整個周末，伊娜可以享受「有個大姊姊」的幸福感。星期天一大清早，她就穿過走廊溜進堂姊的房間，睡眼惺忪的一頭鑽進瑪爾塔的被窩，分享對往事的記憶：「妳還記得劉媽每年過年都會做的什錦素菜絲嗎？妳還記得街上收破爛的人，是怎麼吆喝生意的嗎？用一疊舊報紙從他那兒，是換了一盒火柴，還是換了幾個曬衣夾呢？妳還記得我們怎麼坐黃包車到跑馬場的嗎？妳還記得颱風怎麼把加蓋的廚房屋頂給吹走的嗎？妳還記得花園小徑兩旁的灌木叢有多香嗎？」

「妳還記得……嗎？」當她們一個人開始發問，另一個馬上就能看到、聞到、感受到對方所說的情景。可是當伊娜和好朋友聊到家鄉時，就完全不是那麼回事。珞特她們雖然每次都全神貫注，聽著伊娜講述中國的事，而伊娜也樂在其中受到大家的注意，但她知道，無論自己描述得再清楚、解釋得再詳細，她們眼裡看到的、鼻尖聞到的、耳中聽到的，都不可能和她知道的一樣。但瑪爾塔就不同，不需要多餘的言語解釋，那種心照不宣的默契，感覺真好。提到老家，堂姊那一向節制冷靜的聲音，也溫煦軟化了。藉由這樣的對話，伊娜發現，瑪爾塔粗枝大葉的外表下，也有著纖細的思鄉情懷，會不時在心底蠢動、齧食。

自從伊娜可以用德文自由表達意見，也聽得懂別人的對話後，和堂姊間的關係就不像以前那麼緊張。她早就不需要瑪爾塔像個傳聲筒似的，幫她與新世界溝通。但與舊世界，卻仍然需要，譬如爸爸的信，她日夜盼望的家書只有透過堂姊的幫助才能閱讀。瑪爾塔當然察覺到了這個絕佳的教學機會，這位杏壇的明日之星，馬上就為兩人準備了新的學習計畫。

「伊娜，妳一定要持續跟我練習中文，我答應過叔叔的。我們最好在馮・史坦尼茨太太去教堂的時候練習，每個星期天我都會教妳寫一頁漢字，然後在星期當中妳就自己練習，等我下次來再考考妳，看妳學得怎麼樣。」

「但我已經有好多東西要學了。」伊娜唱著反調。她腦海中浮現修女在空中用手比畫，如何書寫漢字的情景，看起來就像在指揮兒童合唱團。

瑪爾塔當然不理會她的說詞，而且馬上直擊伊娜的痛處：「還記得妳接到叔叔的第一封信時，沒辦法讀的情況嗎？妳總不希望以後，都要靠別人幫助才能看信吧？」

伊娜心中好生猶豫。她怎麼可能忘記那次的束手無策和自責。接到爸爸的第一封來信，竟然一個字都不認識，好像在讀無字天書，那種打擊到現在還深深烙印心中。她當然不想忘記母語，不想每次有信從中國來時，都必須向堂姊求援。但中文字是那麼複雜難寫，彷彿離自己好遠好遠。

「好吧，如果一定要的話。」最後她終於小聲答應了。從此，在瑪爾塔來訪的周日上午，吃過早飯，堂姊妹倆就並肩坐在客廳的桌子前，伏案勤練方塊字。

有些方塊字很好記，因為可以間接辨認出字義：好比說「大」，一個人將雙臂張開，表示空間寬廣。代表女人的「女」和表示小孩的「子」，合在一起就是「好」，因為當一個人有了太太，又有了小孩，就表示生活很美好。還有，代表樹或木頭的「木」，當兩個「木」加在一起就成為「林」，也就是樹林。不過「黑」這個表示顏色的字，為什麼會有四條腿呢？

一開始學還蠻有趣的，伊娜也很樂於讓同學對她用中文寫的名字，或是胡亂「畫」的幾個複雜方塊字，大表傾慕和讚歎。不幸的是，大多數的中國字都沒那麼容易學，它們是由好多好多細小的筆畫所組成，像一隻隻四腳爬蟲一樣，在紙上亂爬，既猜不出發音，也看不出意思。伊娜沒興趣為了遷就瑪爾塔的教學熱忱，一直跟那些惹人討厭的爬蟲周旋。於是，衝突就不可避免了。

在一個酷熱的周日午後，伊娜多希望能窩在沙發一角，看她的德國少女小說，但不行，她必須和瑪爾塔坐在客廳的桌子前面，練習那些枯燥無味的問答。

「妳累不累？」瑪爾塔問。

這是什麼蠢問題啊！上這種無聊到家的課，不累才怪！伊娜心裡一邊嘀咕著，一邊說：「我很累。」同時還打了一個大呵欠，來表示她的回答果真不假。因為她一直用兩手撐著雙頰，回答時又沒有抬頭，所以這句話聽起來，有點兒像從嘴裡硬擠出來的。

「妳就不能好好回答嗎？這樣誰聽得懂啊！跟我講話的時候，給我坐好了。」伊娜懶散的態度早就讓瑪爾塔一肚子火，現在終於忍不住開砲了。

「怎麼，妳以為我放假沒別的事做！就只能耗在這兒陪妳練習中文嗎？」

「妳不想就不要啊！」伊娜回答的口氣更惡劣。其實她很清楚這樣說不公平，但話就是脫口而出了。

「我答應了叔叔要注意妳的中文，沒想到妳這不知好歹的傢伙，竟然這麼懶惰！」

現在要回頭也難了！伊娜對遠方的爸爸，突然也無法控制的生起氣來。終日巴望著能接到信，但好不容易等到的信她卻一個字也看不懂。

「那他當初就不該把我送走！」伊娜憤怒地頂嘴。

「妳到底想怎麼樣啊？」瑪爾塔這下可真生氣了。「為了把妳送到安全的地方，叔叔想破了腦袋。他請求馮．史坦尼茨太太收留妳，每個月都要匯大筆錢來，讓妳能夠住在這兒，坐在有暖氣的房間裡，學習彈鋼琴，一切伺候得好好的，而妳竟然還不滿意！打仗不是鬧著玩的，妳不懂嗎？他難道不想把妳留在身邊嗎？」

隨著瑪爾塔憤怒的責備，伊娜的頭愈垂愈低。還好姆媽在廚房。其實話才出口，她就知道錯了，根本不需要堂姊的訓斥，她就感到無比懊惱與自責。伊娜惶恐的把臉埋在手中。她知道自己這麼講非常不公平，但終於把這句話說出來，還是有舒了一口氣的感覺。

希望成為老師的瑪爾塔，這些日子也學到些經驗。發洩過第一波怒火後，她想起了課堂上學過的，關於學習動機的重要性。再說，她也體驗過，隻身處在陌生環境，那種孤立無助的絕望。有時候，這種心底的痛，會轉變成莫名的憤怒，發洩在無辜的人身上。

「好了，妳今天也累了，我們下課吧！」

瑪爾塔沒有繼續說下去。

也沒有必要再說什麼。伊娜感激的偷偷瞄了堂姊一眼。

「下次上課，我一定會練習好的。」

瑪爾塔批判的眼光雖然不好受，但還是遠勝過獨自坐在客廳，一筆一畫的與那些方塊字纏鬥。堂姊不來布蘭登堡的周日，伊娜就只好一個人無聊的打發時光。因為玩伴都和家人在一起，姆媽則在教堂。每個星期天上午，姆媽都去大教堂做禮拜。早先時候，她也帶伊娜去過一次，讓她看看教堂的雄偉殿堂和彩繪玻璃，但伊娜只覺得毛骨悚然。倒不是因為那讓人心生敬畏的高聳建築，而是因為在教堂正殿裡，懸掛著一個十字架，上面釘著一個幾乎和真人一般大小的耶穌雕像，瘦骨嶙峋，肋骨鮮明可數。在祂頭上豎立著一塊牌子，牌子上寫著「ＩＮＲＩ」四個大寫字母。姆媽告訴她那是拉丁文，意思是「拿撒勒人耶穌，猶太人的王」。

伊娜當初就讀的上海教會學校裡，只有看到十字架，沒有耶穌釘在上面。修女雖然跟孩子們解釋，耶穌是為了拯救世人而在十字架上犧牲生命，但確切情況，一般人也不用知道得那麼詳細。當初伊娜就沒真正弄懂過，一個做父親的怎麼能夠坐視，甚至同意自己的兒子被人釘在十字架上呢？而這個刑具，修女們竟然還戴在脖子上！現在在這兒，祂又如同真人般大小的掛在教堂裡。

當伊娜跟著姆媽從大教堂裡走出來，回到熟悉的城堡大院時，她如釋重負的鬆了一口氣。這些日子以來，伊娜在院中玩躲貓貓、比賽「挑戰球技」，她已熟知每一棵菩提樹的位置，清楚每一面適合擲球的磚牆。

「我想，去教堂並不適合妳，伊娜！」姆媽察覺到伊娜的不安，於是對她說：「星期天上午我們還是按照各自的習慣，該做什麼就做什麼吧！」

於是伊娜在家練習寫漢字，姆媽去看被釘在十字架上的耶穌，並向祂的父親，親愛的上帝禱告。

伊娜後來發現，宗教真是很難說的一件事。在與姆媽例行的周日散步中，她們經常會碰到一些穿著褐色襯衫的年輕人和男士，他們都戴著臂章，臂章上有個帶著鉤的十字。有一次她問姆媽：「那些人是佛教徒嗎？」那種帶鉤的十字，伊娜曾在上海的佛寺看過。

「不是的，伊娜。妳說的那個符號是來自印度，沒錯。但在這兒它代表一個黨派，那些人是德國國家社會黨的黨員。」

「喔，我知道。」伊娜得意地答道：「是納粹。那個留著小鬍子的男人，就是那個黨的。」她現在當然也知道，這些年輕人都屬於ＨＪ。

這又是一個在新語言中，專門害人跌跤的絆腳石。好不容易才把那些又臭又長的德文字，破解出意思來，它們突然又都變成了狡詐的縮寫，乍看之下完全摸不著腦袋。這個納粹黨似乎特別喜歡用縮寫：大男孩參加的團隊叫ＨＪ（希特勒青年團 Hitlerjugend），大女孩參加的叫ＢＤＭ（德國女青年聯盟 Bund Deutscher Mädel），年紀尚小的，像珞特這樣的，就屬於希特勒少女團（Jungmädeln），而正式入黨的黨員則叫做ＰＧ（Parteigenosse）。

除此以外，還有猶太人，伊娜也有很多搞不清楚的事。但這方面的問題，姆媽總是閃爍其詞，避而不答，所以還是問瑪爾塔吧。在《永遠的猶太人》（*Der ewige Jude*）這部電影的海報上，畫著很多鷹鉤鼻、捲頭髮、戴著黑帽的猶太人，他們總是多疑的四下窺探。類似的人物形象，在門房曼克先生的明信片上也有。曼克先生每次在吃周日大鍋菜時，都會帶著那些明信片來募款。

「大鍋菜」是星期天的事情裡又一個不好玩的地方。每個月有一個周日，大家只准吃「大鍋菜」，而省下來的錢就要投進曼克先生的捐獻罐。鐵罐外面寫著「隨時效力」四個大字。伊娜和珞特常戲謔的說「隨時投錢」或「隨時吃大鍋菜」！因為反正最後大家都必須投錢到門房先生的鐵罐中。他每次「收」捐獻時，都會帶著宣傳納粹黨和其政策的奇怪卡片來賣。姆媽從來不買，也盡量不讓伊娜看到，但伊娜有一次還是瞥見了。卡片上畫的醜陋男人就跟海報上畫的一樣，佝僂著背，陰沉著臉。如果猶太人真的那麼令人厭惡，讓一般人都不願意談論，那為什麼猶太人的王又會在教堂裡受到敬拜呢？

除了這些問題之外，伊娜最火燒屁股想知道的就是：投進捐獻罐的錢都到哪裡去了？是拿去給其他人煮更好吃的周日大餐嗎？有一件事伊娜很確定，在中國即使是皇帝，也不可能規定老百姓在星期天煮什麼菜來吃的！

星期天，產生了好多好多要問的「為什麼」！

「碎碎」不平安

1938年11月

「姆媽，姆媽，我要問妳一件事！」

伊娜衝進廚房，姆媽正在做豬肉餅。現在因為星期天只能吃大鍋菜的關係，所以星期六就可以吃煎肉餅了。

「慢一點兒，伊娜。妳今天為什麼這麼晚才回來？」

「英格今天沒來學校，所以我和珞特下課後，就到卡塔琳娜教堂廣場去看看發生了什麼事。結果英格家的蛋糕店前面站了好多人，店面的櫥窗被打破了，玻璃碎片散得到處都是，外牆上還貼了張字條寫著：『不要跟猶太人買東西！』我們看見英格的媽媽在店門前掃玻璃碎片，但是不敢上前去問她英格怎麼樣了，她一直在哭。珞特說，因為英格的爸爸是猶太人。姆媽，真的是這樣嗎？」

「好了好了，妳現在先把外套脫掉，我們坐下來再說。」伊娜感到姆媽在拖延時間。她知道姆媽的態度非常保留，但這次她沒法等瑪爾塔來了再問，因為這問題太重要了，她必須知道好友到底發生了什麼事。

「事情是這樣的，英格的母親娘家姓賽登史帝克，後來嫁給了方克斯坦先生，他是個猶太人。」

「但為什麼這樣就不能跟方克斯坦先生買蛋糕了呢？他做的核桃果醬蛋糕

是全布蘭登堡最好吃的啊！還有，他們為什麼要把店面的玻璃櫥窗打破呢？」

「希特勒早就看猶太人不順眼。他希望『清除猶太人』。也就是說，他不希望猶太人住在德國，所以猶太人才會處處受刁難、受歧視。前幾天，有個信仰猶太教的年輕人，在巴黎開槍打死德國大使館的一名職員。希特勒昨天因此發表了極煽動的反猶太演說，要求所有的猶太人應該為這件事負責，為這件事受到懲罰。我很難過英格的父母因此受到了連累。」

「我一點兒也不知道英格是猶太人。她爸爸看起來跟海報上的醜陋男人完全不一樣啊，而且上宗教課的時候，英格一直都選基督教。」

「對納粹來說，這不完全是宗教信仰的問題，他們是把猶太人當作另一個種族。」

「那也不能就把他們趕走啊！我不也是屬於另外一個種族嗎？是吧！」

「沒錯，伊娜。但沒有人會把妳趕走的。問題在於，納粹認為猶太人是比較低等的人種。」

這晚臨睡前，伊娜對著洗臉台上的小鏡子，仔細端詳了自己：濃密閃亮的黑髮，直垂及肩，剪成了典型娃娃頭，額前的劉海，剛好垂在丹鳳眼上方。眼睛下面是寬寬的腮幫子，還有比她那些德國好友都要深一些的膚色。在露天泳池游泳的時候，她的德國好友很快就會被太陽曬得紅通通的，伊娜卻一點事都沒有。難道她也屬於比較低等的人種嗎？剛到德國的時候，伊娜也曾因為她來自不同的國家而受到嘲笑，卻從來沒人對她說過這種話。今天為什麼紮著金髮辮子，有著湛藍眼睛的英格，反而屬於低等的人種呢？明天她一定要搞清楚，英格到底發生了什麼事。

第二天早上在教室，伊娜發現英格的位子還是空的。

她壓低了聲音對珞特說：「英格還是沒有來。今天下午我要過去看看，也許她生病了。妳要不要一起去？」

「沒時間。今天希特勒少女團要練習體操舞，我們小隊長指定我做副手，沒辦法開溜。」

「後邊倒數第二排安靜！」辛德瑪荷小姐打斷了兩個人的對話。

伊娜才不會改變預定的計畫。她心中其實有點兒氣珞特和她的希特勒少女團。有什麼了不起的事非得去做，竟然連好朋友都不能去看一下！但姆媽跟她說過關於猶太人的事，多少解釋了珞特的態度。

這天下午，伊娜做完功課，就對姆媽說她要到城堡大院玩。事實上，她出了門就向右轉直往磨坊路，不一會兒她就站在糕餅店門前。被砸破的櫥窗，已經用木板釘住。她逕自穿過後院入口，經過烘烤房，到了方克斯坦家大門前按門鈴。方克斯坦一家住在咖啡館二樓，英格的媽媽打開了門，她梳著髮髻的頭髮略顯散亂，眼眶也紅紅的。

「您好，方克斯坦太太，我想來看看英格。」

「啊，是伊娜，真高興能看到妳，快進來吧！英格在她房間，妳知道在哪兒吧！」英格媽媽說完，很快又消失在廚房裡。

伊娜朝著英格房間走過去。她們倆經常一起在這房間裡玩洋娃娃。伊娜小心翼翼將門打開一條細縫，英格正蜷曲在沙發上，雙眼好紅，哭得腫得像銅鈴一樣。她沒有跟伊娜打招呼，只是不停抽咽著。

「英格，妳怎麼了？生病了嗎？」伊娜緊挨著好朋友，在沙發上坐下。

「沒有，我沒病。但是妳看見那些人把我們的店砸成什麼樣子了嗎？昨天晚上SA到我們店裡來，砸壞了所有的東西，聽說還有很多猶太人開的店也一樣。而且他們說爸爸還得賠償一切的損害，以後我們的咖啡館或蛋糕店恐怕再也不會有人來了。」

SA——又是一個縮寫。但伊娜現在已經知道那是代表「衝鋒隊」[1]，也就是那些穿著褐色上衣，手臂上綁著卐字標記的人。當初她還以為那些人是佛教徒呢，真是差太遠了！

「怎麼會這樣！我一點兒也不知道妳是猶太人。」

「我不是啊！要爸爸媽媽都是猶太人，才能算是猶太人。但我也不是雅利安人[2]。那些人說，我媽媽嫁給猶太人是民族的恥辱，她沒有保持『雅利安人種』的純粹血統。」

「人種！」——伊娜漸漸憎惡起這個字來。本來一個完全正常的人，突然間就因為種族的不同，而變成了恥辱。伊娜不由自主握住英格的手。英格大大歎了一口氣，接著說：「他們大概很快就不准我跟妳們一起去上學了。我爸爸說，去學校沒有什麼意義了，我們必須盡快離開這裡。很多猶太人都已經移民到美國或別的國家。我們沒有親戚在國外，所以沒人可以投靠，況且去這些國家都需要簽證，只有上海不要。」

「上海？」剎那之間，伊娜完全說不出話來。「你們想去上海？」

「不是想去，是必須去。不然還能去哪兒？爸爸說，這裡不能待了，反猶太情緒愈來愈高漲，情況只會愈來愈糟糕。」

伊娜的腦海迅速閃過英格即將面臨的狀況：她在短時間內，必須面對道別、分離，去到一個全然陌生的環境。上海，那個伊娜日日思念、夜夜夢回、時時企盼回去的家鄉，對英格來說，卻是全然陌生的地方，未來充滿了不安。她很快就會失去這裡所有的一切，被迫放棄心愛的東西。到了上海，她那金辮子和湛藍眼睛，會像伊娜的黑頭髮和丹鳳眼在布蘭登堡一樣引人注意，讓人側目。但這一切她都不能跟英格說，當務之急是趕快安慰她的好朋友。

「我告訴妳，上海很漂亮！房子和街道都比這兒大得多，連河流也是。反正一切都比較大、比較吵、花樣也比較多。路上到處都是人，他們還會彼此聊天，每個人都很親切友善，熱心助人。最棒的是，上海有好多好吃的，有些水果妳連見都沒見過。吃飯時候，就算嘴裡有東西也可以講話，打嗝也沒關係。晚上可以比較晚睡，不像在這裡，早早就得上床。冬天也沒有布蘭登堡這麼冷，不用穿扎人的毛襪，也不用喝噁心的牛奶。」伊娜忙不迭的一口氣說到這兒，終於停頓了一下。為了讓好友對自己的家鄉有個好印象，她雜亂無章的把想得

1 SA：Sturmabteilung，中文一譯「衝鋒隊」，或譯「突擊隊」，即納粹的街頭打手部隊。
2 納粹用語，指非猶太血統的白種人。

到的事，一股腦兒的說了出來。英格卻潑了她一頭冷水。

「妳告訴我這些有什麼用？到了那兒我一句話也聽不懂，他們說的全是中文。那些方塊字我一個也不認識。」

「這我可以教妳。而且妳是跟爸爸媽媽一起去啊，又不是一個人去。」突然，伊娜聽到方克斯坦家客廳裡的壁鐘敲了起來。「哎呀，糟糕，我得走了。姆媽不知道我來。英格，別哭！明天我們就開始上中文課。」

伊娜一路沉思著，根本不知道自己怎麼回到家的，更忘了先前跟姆媽說要到城堡大院去玩，其實是在撒謊。當她上氣不接下氣地站在廚房裡，衝口而出的第一句話竟是：「姆媽，妳能想像英格要去上海嗎？」

姆媽聽到這個消息，就沒有像伊娜那麼吃驚了。

「是啊，那恐怕是方克斯坦家最後的一條路，因為他們在國外沒有親戚可以投靠。到上海不需要簽證，只需要船票。」

「但是英格很不快樂耶。」

「所以妳要好好安慰她，並盡可能告訴她關於妳家鄉的一切。這樣她對上海就可以先有個概念了。」

「沒錯，所以我今天下午在她那裡。而且我們說好，我要開始教她中文。」

「這個主意很好，伊娜。」

「那我明天下午可以再過去囉？」

「當然可以。不過記得早一點回來，妳在晚飯以前還要練一下鋼琴。」

英格真的不再到學校了，換成伊娜去她那裡。整個上午，伊娜都在想該如何執行她的新任務。得先教英格必要的詞彙及常識，就像當初瑪爾塔在郵輪上教她的一樣。但她會做得比瑪爾塔好，因為她完全可以體會英格現在的心情。她還清楚記得，當初自己是怎樣既羞怯又好奇地向堂姊探詢德國的一切。伊娜手中握著一雙從上海帶來的筷子，她已經準備好把它當作教具了。

下午踏進英格房間的時候，伊娜馬上就用中文很清楚的把「Nǐ hǎo ma?」三個音對好友「唱」了一遍。

「這是幹嘛呀？」英格錯愕的問。

「上中文課！這句話字面的翻譯就是：你—好—加上問號。你好的意思就是『guten Tag』。中文的『ma』如果放在句子最後，就表示是個問句。其他的字通通不用動，既沒有字尾變化，也沒有陽性、陰性、中性，詞序都不用變，很棒吧？」

「Nǐ hǎo ma?」英格試著說。因為她的音感很好，聽力也強，雖然是第一次說中文，所有的聲調全部正確。英格還不知道，說中文的時候，如果有一個音的聲調是錯的，可能整句話意思就完全不一樣了。

「Wǒ hěn hǎo, xièxie!」伊娜回答她——我很好，謝謝——但問候的程序還沒有結束。「中國人什麼事都會先想到吃，因為我是妳的客人，所以妳現在要問我，是不是吃過飯了。中文說：Chīfàn le méiyǒu?」

「Chīfàn le méiyǒu?」英格馬上依樣畫葫蘆。

「吃飯——完成式——沒有，」伊娜口譯著。「中文『le』這個字表示事情已經完成了，『méiyǒu』則表示還沒發生。問句的形式就是把『吃飯了』和『沒有』放在一起。如果吃過了，妳就重複問句的第一部分回答『吃了』；如果還沒有吃，就用句子的第二部分回答『沒有』。不過馬上就告訴主人『我還沒有吃飯』感覺不太禮貌，通常要等人家問過三遍以後再回答。」

英格馬上就明白箇中道理：「所以我現在必須再問兩遍，然後妳才可以回答，其實妳心裡早就想要吃一塊蛋糕了，對吧？我這就給妳拿去。」英格反應之快，真讓伊娜讚歎不已。

說到做到，兩個小傢伙嘴裡塞滿了蛋糕，一邊嘻笑著，一邊繼續上課，英格把雞蛋糕掰碎，笨拙地用筷子一小塊一小塊的往嘴裡送。

英格突然驚訝的發現，在班上一向安安靜靜的伊娜，總是讓人覺得需要保護的小不點，怎麼突然間就變成了這麼充滿鬥志、精力旺盛的人！英格入迷又帶點害怕的聽著伊娜講述她家鄉的一切。上海，這個一開始只讓她感到恐懼的地方，現在在她腦海裡已漸漸有了雛形。伊娜興致高昂，將一個陌生的世界直接帶進了英格的房間。這間臥室本來只是兩個孩子玩洋娃娃的地方，但這些娃娃現在無人理會，只能無助的坐在沙發的一角，睜著會眨動的藍眼睛，呆呆的凝視著房間裡發生的一切。對兩個小女孩來說，玩洋娃娃的日子已經過去了……。

伊娜把教英格的每一句中文，都和一則故事或上海日常生活中的情境連結在一起，比如說：「當妳站在街上想要叫一輛黃包車時——黃包車就像這兒的計程車，但它是由人來拉的——妳就站在路邊，然後對著黃包車招手。但是招手方式和這裡不一樣，妳必須手掌朝下，手指向下揮動，表示『láilái』——過來這裡的意思。當一輛黃包車過來了，妳就告訴他要去哪兒，並且問車夫：『Duōshǎo qián?』——多少錢？他就會告訴妳價錢了。」

「那吃的東西怎麼樣呢？」英格問。身為糕餅店師傅的女兒，她的嘴當然比較刁的。

「吃東西就甭擔心了，到處都買得到好吃的，甚至在路邊就有，妳很快就會發現，隨便走在街上就能看到，也會聞到；不像在這裡，一定得去餐館才有得吃。好比說蔥油餅，都是老闆當場煎的，還有烤紅薯、肉包子或蒸蝦餃之類的。這些吃的都是要拿在手上，趁熱享用才好吃。」

「那像吃狗肉、蝗蟲、燕窩、魚翅，還有很多其他恐怖的東西，又是怎麼回事呢？」英格緊接著又問。

「欸，那些東西一般人根本不吃的。蝗蟲只有很窮的人才可能吃，其他像妳說的那些，都貴得要命，只有在很特別的餐館才吃得到。不過在上海也買得到各式各樣的蛋糕噢！就像妳爸爸做的一樣。」她安撫著英格。「比如說，『起士林糕餅鋪』，或是『東海咖啡』，都是很有名的蛋糕店。說不定妳爸爸也可以在那兒開一家，賣核桃果醬蛋糕，或是像我們剛剛吃的那種簡單的雞蛋糕，中國人一定也喜歡的。」

「是啊，從妳身上就可以看出來了。」英格就事論事的說。

伊娜先是愣了一下，隨後不禁笑了出來。

「啊！英格！」她脫口而出，「真羨慕妳呵！但願我也能跟妳一起去！」

接下來是一陣尷尬的沉默。伊娜當然知道，英格要到那既遙遠又陌生的國度去，並不是為了好玩。沒有人能事先告訴她，未來會發生什麼。但伊娜細想起來，現在的上海一定跟她記憶中的不一樣了。爸爸在重慶，劉媽和寶寶都回鄉下去了。要是她現在沿著熟悉的花園小徑回到家，誰會來給她開門呢？拜託噢！現在可千萬不要胡思亂想！伊娜警告自己，想辦法教完她的中文課。

「要道別的時候，就說『Zàijiàn』，再—見，wieder—sehen，跟德文一模一樣。好，我現在得走了，所以我就跟妳說『Zàijiàn』了！」

當天稍晚，伊娜坐在鋼琴前，翻開目前正在練習的曲子——舒曼的《異國和異國的人民》（*Von fremden Ländern und Völkern*）——這個標題突然有了全新的意義。

就在她練習右手指法的同時，伊娜發現和英格相聚的這個下午，她對上海的一再描述，喚起了自己內心深處對家鄉的渴望。鄉愁持續在體內發酵，這兩年來，她已經很少這麼想家。被喚醒的記憶，在腦海中起伏盤旋，她再也無法逃避先前一直不願面對的問題：如果她現在真的回到上海，又會如何呢？家裡的人一定都看不到了。現在，誰住在她的房子裡呢？誰蹲在後院的小凳子上洗菜呢？又是什麼人坐在飯廳的圓桌上吃飯呢？一定是陌生人，該不會是日本人吧？

能安安靜靜坐在鋼琴前，不用講話，也不需解釋，這種感覺真好。右手的指法突然亂了，趕緊再回到旋律中來——是的，異國和異國的人民，可以很有趣，也可以令人感到不安。伊娜問自己：為什麼？為什麼總是有人必須被迫離鄉背井，遠走天涯？

伊娜在英格家度過許多午後時光，珞特早已相當不滿。一天，珞特不經意又說出從希特勒少女團聽來的「猶太人是德國敵人」，兩人幾乎吵了起來。「妳怎麼可以說這種話，珞特？」伊娜氣憤的表示。「妳總不會認為英格的爸爸也是妳的敵人吧？前不久妳才吃了他做的蛋糕，還直說好吃呢！」

「我又不是那個意思。」
「可是如果妳這麼說，別人就會這麼想。」
「拜託，妳知道什麼啊！根本就沒妳講話的分！」
「沒錯，因為我不是德國人，所以方克斯坦先生也不是我的敵人！」
這些日子以來，只要遇到相關的話題，伊娜都會變得特別敏感。

伊娜和英格沒有多少時間了。自從十一月九日晚上發生了砸店事件以後，英格的爸爸就當機立斷，採取了行動。他已經訂好從熱那亞出發的船票，他們將坐火車前往登船。現在方克斯坦全家就只需要打包行李。每個人只准帶一個箱子和十元德國馬克，那就是他們所有的家當。英格的娃娃全部搬到伊娜家去住，伊娜的筷子則收好在英格的箱子裡。終於，在一個陰冷的清晨，英格一家人悄悄離開了布蘭登堡。之後，每次伊娜經過方克斯坦家的糕餅店，看到那仍然被木板釘死的櫥窗，心中都會感到一陣刺痛。

新的戰爭

1939年｜布蘭登堡

演講的聲音，震耳欲聾，從擴音機中傳進禮堂：

「我們自己，以及其他年輕的民族，都必須努力去爭取、奪回昔日那些從我們先人手裡被迫放棄的生存權。有朝一日，我們可能還要為這生存的權利挺身奮戰，以免權利再次被剝奪。為此，我殷切寄望於我德意志的青年朋友！我更期待的是，如果將來有一天，其他國家相信他們可以再一次奪走德國的自由時，我德意志青年所做出的回應，將是百萬同心的齊聲高呼……」

這時只聽見一聲即時的呼應：「萬歲！」雖不是百萬人齊聲高呼，卻也是整齊畫一，發自布蘭登堡女子中學全體師生的口中。

「……這呼聲是如此的同心一致，是如此的強大有力，任何人都可以聽得出來，意圖從內部分裂、瓦解德國的時代，已經永遠過去了。在國家社會主義嚴格的教育下，鋼鐵般的德意志民族已經打造成功。德意志民族和大德意志國——勝利！萬歲！」

再一次，全體師生群起高呼「勝利！萬歲！」

除了站在珞特身邊的伊娜，禮堂中的人都深受感動。復活節的時候她們倆都升上了女子中學，並且被分在同一班。今天是五一勞動節，照理說應該放假的，但全校學生都必須到學校去，聽希特勒專門針對年輕學子的演講轉播。伊娜把身體重量從一條腿換到另一條腿上。元首的精神講話，可長著了！

「為什麼又是男生？」珞特不服氣的對伊娜說。「我們女生也同樣有貢獻啊！」珞特已經晉升為小隊長，穿著團隊制服，顯得特別神氣：藍色百褶裙，白襯衫搭配黑領巾，再加上一個皮領環；黑色三角形代表布蘭登堡的標誌。最讓伊娜羨慕的是珞特的「蜘蛛猴」背包，在健行或去野外活動時都非常好用。伊娜也好想擁有這麼一個光聽名字就那麼有趣的背包。前不久，四月二十日那天，伊娜和元首希特勒一起過生日的時候，珞特和她的隊員又參加了一次盛大演出。伊娜也去了，而且是偷偷去的，雖然只是當觀眾，但姆媽也絕不會讓她參加這類活動。第一，因為城裡人山人海，非常擁擠；第二，因為姆媽不喜歡這樣的活動。老城的市集上插滿了慶祝的旗子，五顏六色的彩帶一圈連著一圈，懸掛在房屋的窗檻上。市場中央搭建了一座舞台，樂隊在舞台上演奏著民族音樂。納粹少年團、德國女青年聯盟、希特勒少女團等都在舞台前排隊集合，唱著歡迎春天和野外健行的歌曲。接著，珞特的小隊穿著鑲著綠邊的黑色毛線傳統外套，跳起了德國民族舞蹈。伊娜盡量想辦法往前擠，以便能看得更清楚。節目最後，所有人在希特勒青年團的領導下，排成一列手持火炬的遊行隊伍。看他們身穿制服，高舉著火把和旗幟，整齊畫一的列隊待發，著實讓人印象深刻。眼前的壯觀場面，讓伊娜背上不自覺起了一陣雞皮疙瘩。若能參加這樣的遊行活動，感覺一定很棒。但不是雅利安人，是沒有資格參加這些團體的。

最後所有人又高喊一聲「萬歲！」正式結束今天的活動，學校也就算放學了。今天其實是假日，學生只是為了聽希特勒的演講而在禮堂集合，所以當珞特和伊娜往回家的路上走時，兩人就開始閒晃起來。這所女子中學位在田尼茨路上，就在新城聖保羅教堂的後面。伊娜很享受這段比較長的上學之路。以前只要兩分鐘就走到校門口，而且從家裡的客廳就可以看到全部上學的路程，怎麼樣都別想溜出姆媽的視線。

今天兩個小妮子偷空繞到碎石街去逛逛，那裡商店的櫥窗都比較有趣。雖然現在可展示的商品和早年比起來，要單調無聊多了。因為乏「貨」可陳，不少商店都已改用五月鈴來裝飾櫥窗。自從推行「生活必需品配給制度」以來，某些店鋪前面就始終大排長龍。現在伊娜已不需要每天早上幫姆媽磨咖啡豆了，姆媽最近也改喝原本不屑一嘗，被她稱為「冒牌咖啡」的大麥咖啡了。

「去買包氣泡粉吃吃怎麼樣？」珞特提議。幸好買氣泡粉還不需要配給票。伊娜在她的錢包裡翻著。

「行，錢還夠。」

她們踏進香味四溢的麵包店，門口的迎客鈴聲將老闆娘從烘烤房裡喚了出來。

「兩位漂亮的小姐想要點兒什麼啊？」

「我們每人各一包氣泡粉，謝謝！」珞特很自然就替伊娜回答了，她始終沒改掉這習慣。「妳要什麼口味的，伊娜，覆盆子、檸檬還是香車葉草？」

這真是個困難的決定，這次絕不能再讓姆媽看到她的舌頭了。不久前，她吃了覆盆子口味的氣泡粉，火紅色的舌頭讓姆媽嚇了一大跳，她馬上就懷疑伊娜得了腥紅熱，憂心地摸著她的額頭，又探看她的喉嚨。直到伊娜老實招認，是吃了氣泡粉的緣故，姆媽才放下心來。中國大夫看病也是先看病人的舌頭。或許這次吃香車葉草口味的好了，該不會有什麼病，會讓舌頭變成綠色吧？

出了店門，她們迫不急待在門口就撕開了包裝，將氣泡粉倒一小撮在手背上，然後用舌頭舔掉。粉末碰到口水，就化成氣泡在舌頭上跳躍，產生一陣陣刺麻感。對伊娜來說，「好吃」跟「好舔」有一定的關係，另一種「舔」的樂趣是吃鹹甘草錠。鹹甘草錠是由藥劑師自己配製的，通常都裝在藥房的大玻璃罐裡。先用舌頭將手背舔濕，再用這種黑色菱形小片在手背上貼出星星或其他的圖樣，然後再慢慢把圖樣舔掉。伊娜很喜歡那種辣辣嗆嗆的味道，會讓人想起劉媽在市場上買給她吃的那種甘甘鹹鹹的酸梅。

當氣泡粉的小袋空了，兩個人就繼續朝磨坊路方向晃去。她們很有默契的避開了卡塔琳娜教堂廣場，避開了當初的方克斯坦咖啡館。那家咖啡館的櫥窗現在已不再釘著木板，一位老鄰居，在店外自豪的掛上了新招牌：「瓦倫布格糕餅店／咖啡館—精緻糕點專賣店」。伊娜很懷疑這家老闆做的核桃果醬蛋糕，是否能和方克斯坦先生做的相比。就算能吧，伊娜也不會覺得好吃。自從英格去年冬天跟著父母離開布蘭登堡後，伊娜就再也沒有聽到她的消息。她們當然希望能彼此通信，但一封從上海寄出的信，要多久才能到達德國！在她日日翹首盼望爸爸來信的經驗裡，已深知箇中滋味。再說，沒人知道英格現在在上海的情況，而伊娜又沒有英格的地址，她不知道如何能跟她聯絡。

在大教堂前面她們分道揚鑣；珞特向右走，伊娜則朝左轉。

「走了，伊娜。明天妳可以早點到學校嗎？我想借數學作業抄一下。」
「沒問題，我們七點四十五在這兒碰頭。」
「太棒了，我就知道妳會幫我！」

「姆媽，妳看，有人從門縫底下塞了張字條進來。」伊娜撿起字條唸道：

致各位住戶：

依照第三帝國勞工部一九三九年五月九日所頒布的施行細則規定，每棟住屋都必須設有防空避難處所。本棟聖裴堤二號樓規畫在北邊公共地下室內。請所有承租人立即將置放於該地下室之物件清除乾淨，如若不然，將由防空管理員代為執行。除此之外，要求所有住戶於五月十六日星期二晚上六點整在該處集合，以便做防空演習。

簽署人　防空管理員　耶利希・曼克

德文對伊娜來說，現在已經不成問題了。但是像「如若不然」及「該處」

這樣的詞，她還是第一次看到。

再說，為什麼「簽署人」後面寫的是「防空管理員」呢？他不就是那個耶利希嗎？這傢伙就像他的姓氏曼克一樣傲慢得很。記得有一次伊娜坐在樓梯的扶手上往下滑，被他逮個正著，他對伊娜說：「我們不能容忍不守規矩，不知分寸的外國人住在這裡。」這件事她當然沒有跟姆媽講，雖然姆媽也不喜歡曼克先生，但坐在樓梯扶手上往下滑，這種事恐怕姆媽也不允許。

曼克先生最初只是個普通的，負責把垃圾桶搬到外面去的門房，自從晉升為街坊管理員後，他就開始密切注意著他的房客，在應該懸掛☒字旗的時候是不是都把旗子掛出來了，好像這件事有多重要似的。現在他又身兼防空避難管理員，顯然是入了黨，正式成為納粹的耳目了。姆媽這位住在三樓的高雅太太，特別得到他的雙重關注：第一，因為姆媽周日固定去教堂做禮拜；第二，她還收容外國人住在家裡。

不太了解箇中原委的伊娜把紙條遞給姆媽。

「嗯，就是明天了，」姆媽皺著眉頭說。和劉媽不一樣的，當姆媽生氣或憂心的時候，額前不是一條垂直的皺摺，而是很多條橫皺紋。「在那個地下室裡，我們沒有什麼需要清走的，我的東西都放在自己地下室的小隔間裡了。」

「防空演習是要做什麼啊？」伊娜不解的問。

「我也不是很清楚，到時候就知道了。」

「但為什麼需要防空演習呢？」伊娜心中隱約感覺，一切跟戰爭有關，跟空襲有關，跟轟炸有關。就像當初日本人攻擊上海一樣。但誰會攻擊德國呢？日本人遠在十萬八千里之外，而且伊娜從人民收音機中知道，日本和德國是盟友，再加上義大利，三國合稱為「軸心國」。所以德國是不可能受到日本人攻擊的。

「這純粹只是安全措施。」姆媽一邊回答，一邊瞇起了眼睛。當她對事情存疑的時候，總習慣瞇起雙眼。

第二天晚上，兩人跟著其他住戶——包括行動不便的穆勒老太太，一共十八人——一起到地下室集合。以前那個停放腳踏車、堆滿舊家具的空間，整理後完全變了個樣。靠牆的地方擺著好幾張簡便的行軍床，中間則整整齊齊排著幾張長板凳。等大家都在位子上坐好了，曼克先生就開始示範，如何用鏟子和沙桶滅火、如何用浸濕的手巾摀住口鼻，好防止濃煙及瓦斯的侵害。他一邊做一邊習慣的講著笑話，但沒人覺得那些被強迫要聽的笑話好笑，也沒人問問題；伊娜覺得，所有的大人看起來，都像是在學校裡被嚇著的小學生，不安、疑懼的氣氛感染著每一個人。沉默中，人人心裡都存著一個共同的疑問，那就是：「這樣的演習，到底代表著大家即將面臨多嚴重的情況？」

又過了幾星期，一天晚上伊娜和姆媽坐在客廳裡，姆媽正在縫補著東西，伊娜則希望在睡覺前還有機會跟姆媽玩一局骨牌，她把牌從斑剝的木匣中取出，小心翼翼排成一條蜿蜒彎曲的長龍，她只要推倒第一張牌，整列骨牌就會快速向前傾倒。

她一邊排著牌，一邊瞅著餐具櫃上銀色相框內的照片。姆媽餐具櫃台上的擺設，有點兒像爸爸在上海書房裡的祖宗牌位，只是這兒沒有人會定期替祖先上香，過年時，也沒有甜食上供。照片裡的人到底是誰，她早就想問姆媽了。看起來現在應該是個好機會。有張照片裡，年輕的姆媽穿著白紗禮服，手放在一位穿軍服的年輕男子手裡，軍官站得英挺，姆媽則微笑看著他。嗯，那一定是姆媽和馮·史坦尼茨先生的結婚照。伊娜親身經歷過，她知道，對自己失去的摯愛，誰都不願再提的。

不過，照片中還有另一位穿軍服的先生，引起伊娜很大的興趣，他頭上戴著一頂奇怪的鋼盔，鋼盔上有一撮像聖誕樹枝一樣的東西。他騎在馬上，看得出來背景是城堡大院附近的房子。那一定是張老照片，因為整張照片都已泛黃。如果問問他是誰，應該不會有甚麼問題的。

「姆媽，那張照片上的人到底是誰啊？他騎在馬上，還戴著一頂奇怪的鋼盔。」伊娜站起來，小心地將相框拿到客廳去，在大燈下和姆媽一起看著。

「他是我公公，齊格菲．馮．史坦尼茨，也就是我過世丈夫的父親。他頭上戴的那個叫做『尖頂頭盔』，是那個時代軍人戴的一種帽子。他三年前去世了。其實，妳今天能在這兒跟我一起住，我們還要感謝他呢。」

「為什麼？我根本就不認識他啊？」

「但是妳的伯祖父認識他，他們兩個人是好朋友。」

「我不知道我的伯祖父來過德國？」

「他沒來過，是我公公去過中國。這故事說起來可長了。」伊娜最喜歡聽故事了，尤其是長長的故事，如此一來就可以晚一點上床睡覺。她一邊用指尖把玩著接龍骨牌，一邊聚精會神聽姆媽開始講故事。

「我公公齊格菲．馮．史坦尼茨是當時駐紮在布蘭登堡的步兵少校，在城裡是很有名望、也很受尊敬的人物。他的思想開放，觀念先進，滿腦子都是新想法和見解。妳可以想像一下，他曾經好幾次親自乘坐熱氣球，因為他相信在打仗的時候，可以用這方法來勘查地形。一九〇〇年，因為戰爭的緣故，他去了中國。」

「坐熱氣球去的嗎？」

「不是，是坐船去的，妳這個小傻瓜。就像妳當初來德國一樣，只是方向剛好相反。」

這下伊娜可豎起耳朵來了：「可是怎麼會和中國打仗呢？中國離這兒這麼遠？」

「妳不是去過青島嗎？」

「是啊，在我來德國之前，爸爸送我到那個恐怖的育幼院去。」

「青島在十九世紀末二十世紀初的時候，是德國的租界地。」

「對，我想起來了，修女跟我們解釋過。難怪青島的房子看起來跟這裡的很像。他們也有一座教堂呢！只是鐘樓裡面沒有鐘。」

「沒錯，除了德國以外，還有很多殖民主義強權都在中國有租界地，譬如法國、英國等都是。」

「我知道，爸爸、劉媽和我在上海的時候，就是住在法租界。」

「那時候，每個國家在北京都有自己的外交代表，他們都住在專門給外國人住的使館區內。在戰爭正式爆發之前，其實就發生過不少抗議排外的事件。」

「為什麼呢？上海不是一直有很多外國人嗎？而且大家也都相處得很好啊？」伊娜眼前浮現了纏著頭巾、留著大鬍子的錫克人，站在十字路口友善的指揮著交通。

「是啊，因為外國人要在北方修建自己的鐵路，有時候必須穿過老百姓居住的地方或墓園，再加上他們要在中國傳教，成立教會，這些事情都讓中國人很不高興。於是衝突就經常發生了，其中最常帶頭鬧事的團體，叫做『義和團』，我們稱那些人為『拳民（Boxer）』。」

「喔！像馬克斯．史梅靈一樣嗎？[1]我知道他。這些人跟外國人打拳嗎？」

「不是這樣的。這團體的人都練一種特別的拳法，他們認為自己練的武術非常厲害，沒有武器打得過他們。」

「哦——我知道了，就像打太極拳或練其他的中國功夫一樣。記得在上海

1 馬克斯．史梅靈（Max Schmeling, 1905-2005）。德國最有名的拳擊手，曾於一九三〇和一九三二年榮登世界重量級拳王的寶座。

的時候，很多人一大清早就在公園裡練習了。太極拳的動作很慢，看起來還安全，但其他功夫看起來，就很危險的樣子了。」

「對，我想大概就像妳說的那樣。對外國人來說，那些人練的拳法，看起來就像拳擊一樣，所以稱他們為『拳民』。這些義和團的『拳民』後來占領了外國人住的使館區，一家英國報紙報導，說所有住在那兒的外國人都被殺害了。因此歐洲的七個國家，組織了聯合軍隊，要向中國討回公道。這項出兵任務當時被稱為『中國解救遠征』[2]。當時，我公公被任命為東亞大軍第二兵團的指揮官，帶著他的部隊於七月二十七日從布萊梅港出發到中國。在當時，這可是一件大事，德國皇帝威廉二世還親自到場向軍隊致意。在送別演說中，皇帝特別對德軍訓示，一定要嚴懲中國人，絕不留情。」

「那妳公公和我爸爸的伯父怎麼會變成朋友的呢？他們應該是敵人才對啊？」伊娜忍不住打了個岔。

「問得好，伊娜！在當時那種情況下，這兩人竟然能成為好朋友，可真是奇蹟。這個奇蹟到今天都還影響著我們，讓我們充滿歡喜感謝。不管怎麼樣，德軍是八國聯軍中最後抵達中國的，德軍到達北京時，戰爭其實已經結束。妳也知道這段旅程有多長，他們除了上千名士兵，還有馬匹和大砲要載運，這一切安排起來都不是那麼容易。而後來事實證明，當初英國報紙的報導根本是個錯誤，使館區內只有一個外國人被射殺，偏偏就是德國駐華公使克林德。其他外國使節，早就被毫髮無傷的釋放了。不管怎麼樣，德國部隊最後還是決定先駐紮在紫禁城裡。」

「他們可以進去嗎？中國皇帝住在裡面耶！那裡所以叫『紫禁城』，是因為只有皇帝才可以住在裡面。」

「他們絕對沒有申請許可證的。只是當時清朝皇室已經逃到西安避難了，所以外國軍隊就逕自進入紫禁城，在城內紮營。他們在城內到處擄掠打劫，四處破壞，我公公事後也是這樣告訴我們的。他當時的首要任務是和中國的『涉外糧食供應中心』交涉，以便獲得馬鈴薯、麵粉及包心菜等食物。畢竟士兵都要吃飯的。」

「那妳公公會說中文嗎？」

「不會，他不會說中文，但是在糧食供應中心跟他交涉的夥伴，是一個年輕、受過良好教育的中國人。他在中國第一所外語學校，學了五年德文和法文，

2 西方人稱這次軍事行動為「解除公使館危機行動」，中國則稱為「八國聯軍侵華戰爭」。

他就是妳父親的伯父。就這樣，兩個年輕人談得很愉快，變成了好朋友。他帶我公公看了北京及附近很多地方，我公公回來以後，還一直不停稱讚北京有多好多好。後來，他們倆還保持通信了好一陣子呢！」

「這就是為什麼後來瑪爾塔和翰理，還有之前的羅伯特都到妳這兒來的原因囉？就是因為他們的祖父和妳公公認識嗎？」

「沒錯，就是因為這樣。因為妳伯祖父在糧食供應中心跟外國人打交道的經驗豐富，所以他的兒子，也就是瑪爾塔、翰理和羅伯特的父親，決定也要讓他的孩子好好學習外語。要學好外語，當然是到當地國學最快囉！他就將孩子都送到德國來。那時候我一個人住這大房子，我先生婚後不久，就因為參加第一次世界大戰陣亡，所以我有地方，也有時間收容照顧他們。而現在又有妳陪在我身邊，我覺得很高興。不過剛剛看看時鐘，我覺得妳現在不該待在我身邊，而早該上床睡覺了。」

一直豎著耳朵專心聽故事的伊娜，這時瞥了一眼角落裡的小笨鐘，差一刻九點。哇！比平常上床時間晚了四十五分鐘。當然，這並不是伊娜覺得，頭盔先生的故事特別好聽的緣故。她恭恭敬敬把銀色相框擺回原位。就在將骨牌收回盒子的時候，她腦海裡突然靈光一現。

「姆媽，妳覺得這盒骨牌遊戲，有沒有可能原本是屬於那位頭盔先生的？我爸爸曾經跟我說過，這盒遊戲是他伯父送給他的，而他伯父又是從一位很久以前認識的德國老朋友那兒獲得的。」

姆媽拿起一個已磨損的骨牌，若有所思地用手指摸著牌上白色的點數，一個正好是中國人認為幸運的數字：雙五——十點。這塊牌不是木製的，而是一塊質地堅硬、沉甸甸的黑色麻膠做的，邊緣已經磨損得相當厲害了。

「嗯！有可能。我們來看看盒子上都寫了些什麼。」

伊娜把原先裝好的骨牌全部倒了出來，並將空木匣遞給姆媽。

「真的，妳看這兒！」盒底烙著出品公司的名稱「奧斯卡．易德侯茨」。以前伊娜從未注意到。「這是布蘭登堡最老的玩具製造商之一，」姆媽解釋給伊娜聽，「他們最著名的產品，就是用這種麻膠做成的各種動物，現在看來，又多了個骨牌。」

「所以這盒遊戲，隨著妳的公公從布蘭登堡遠遊到北京，然後又從北京跟著我爸爸的伯父來到了上海，後來又成了我爸爸的東西。在我一個人去青島的時候，爸爸又交給了我。現在它跟著我又回到布蘭登堡來。姆媽，妳覺得爸爸是有意這麼做的嗎？當瑪爾塔從上海把這盒玩具帶給我的時候，盒子裡有一張寫著詩的紙條。」

「詩?什麼樣的詩?」

「跟中秋節有關的詩,是說彼此相愛的人,應該要在一起,如果不能在一起,也要在看同樣的月亮時,彼此想念著對方。」

「我想他當初多少有這個意思。他原本就決定要送妳來布蘭登堡,他是有意要妳將這盒遊戲帶回它的老家,帶回馮.史坦尼茨家族來!」對於這個新發現,連姆媽都顯得十分激動,她有點兒用力的將伊娜摟進懷裡,在她臉頰上重重親了一下。這個既不尋常、又有點兒猛烈的舉動,似乎讓姆媽自己也嚇了一跳,更別說伊娜了。但轉瞬間,她又迅速變回了原來的姆媽:「好了!今天夠了,妳趕快把遊戲收好,現在真的已經很晚了。」

這就是所謂的命中註定吧!劉媽也經常提到「緣」這個字。命運的安排,注定的相遇,類似的情節在劉媽講述的故事中一再上演,好像冥冥中總有神明引導著男女主角走的路。伊娜雖然不太相信這些,但她對整件事情還是不由自主心生敬畏。懷著虔敬的心,伊娜將骨牌一一收進木匣。哪些人曾經握過這些骨牌?這些骨牌都遭遇過些什麼事?這個盒子有可能進過紫禁城嗎?收拾完畢,伊娜將木匣放回櫃子裡,擺在另一個遊戲「不要生氣」的旁邊。對伊娜來說，現在這盒骨牌遊戲，比以前更加珍貴。它不僅包含對父親的記憶和思念，更代表了姆媽和自己兩家的友誼。

雖然真的很晚了，但伊娜無法立刻入睡。她的腦海起伏不定，思緒一再回到那遠渡重洋，到北京交涉糧食的先生身上。當初如果不是他，還有他的馬鈴薯及包心菜，今天伊娜就不會在這裡了。時間再往前推：如果當年外國人和義和團的拳民沒有起衝突，德國皇帝沒有派兵去中國的話……事情又會怎麼樣呢？但話說回來，如果中國和德國沒有打仗，她的祖先和姆媽的祖先根本就不會成為朋友。這當中，日本人的確也扮演了重要的角色。若不是中國被日本占領，她就沒有理由到德國來，沒有到德國來，她就絕不會認識姆媽，那麼骨牌遊戲就更不可能找到回家的路。

事情該怎麼樣，就會怎麼樣，像骨牌的連環效應一樣，每一張牌帶動下一張牌，每一件事影響下一件事。是冥冥中注定的嗎？那到底是誰先推倒第一張牌的呢？伊娜感覺，至少絕不是劉媽口中說的哪位神明推的。有個名詞在故事中一再出現：就是「戰爭」。在她和她祖先的時代裡，每一次都是戰爭引發了一連串事情。現在，在德國，大家又再度談論著戰爭，但伊娜可一點兒也不想傷這個腦筋。只有一個問題她始終還想不透：中國有那麼多好吃的東西，為什麼少校一定要為士兵找馬鈴薯和包心菜吃呢？

四個月後，戰爭爆發。大家做防空演習時的擔心，終究發生了。一九三九年九月一日，伊娜和姆媽坐在客廳裡，收音機正轉播著德國總理希特勒對國會發表的演說：

「……我決定要用同樣的方式來對付波蘭，這幾個月來，波蘭不斷在邊境挑釁……昨晚在德國領土上，首次以正規軍隊攻擊了我方。為確保德國民族及其生存空間不受外強的侵略，自今天清晨四點四十五分起，我們展開了正式的反擊。」

最後，不可免去的又是一聲高呼：「德意志國——勝利！萬歲！」原本面對收音機的姆媽突然轉過身來，一把抓起伊娜的手。她的眉頭緊蹙，一條條皺紋深得像洗衣板的刻痕。看起來，她對這次的戰爭一點也不覺得「滿懷信心，勝利在望」。

「這不可能是真的！」她脫口而出。後來事實也證明，希特勒所說的都不是真的，但德國從此進入了戰爭的局面，卻是不爭的事實。姆媽當然比伊娜更了解事情有多嚴重，過了好一會兒她才從震驚中回過神來。

「伊娜，妳原是為了躲避戰亂才來到這裡的，可現在這裡也點燃了戰火。我多麼希望能繼續為妳提供一個安全的環境，讓我們祈禱這一切能盡快結束吧！」姆媽說話的語氣雖然堅定，心中的疑慮，卻讓她的眼睛瞇成了細細的一條線。

一陣恐懼襲來，伊娜突然覺得自己不能呼吸。不是因為害怕要在防空洞裡躲避轟炸，也不是因為害怕那未知的戰爭，而是害怕又將離開心愛的人，失去一切，害怕腳底下好不容易踩得踏實的地，再度晃動不安。

這時人民收音機中響起了一陣軍號聲。接下來好幾年，伊娜還會一再地聽到這樣的廣播：

「國防軍總司令部宣布：根據元首及總理的命令，德國國防軍已肩負起保衛全德意志國的責任。為了阻止波蘭的進攻，我陸軍已於星期五早上在所有德波邊境進行反擊，我空軍飛行聯隊也在波蘭境內制止其對德的進攻，同時我海軍艦隊也負起了保障波羅的海沿岸的安危。」

伊娜想著：這該是我所經歷的第二場戰爭了！或者，這只是同一場戰爭的延續？

活人的鈔票，死人的紙錢

1940年｜布蘭登堡

自從德國對波蘭宣戰後，很快的幾個月就過去了，除了每晚都會從收音機中聽到李斯特的三號交響詩《前奏曲》(*Les Preludes*)之外——那是德國宣布戰事告捷的片頭曲——伊娜和姆媽的生活並沒有太大變化。不同的是，自從戰事爆發以來，除了原來某些食品以外，紡織品也變成了配給品。每個年過十四歲的德國國民，都會獲得一張一百點的購衣卡，可在一定時間內兌換等值的衣物。伊娜今年十歲，不是德國人，當然沒有這張卡。但從上海帶來的那件紅大衣，已經小得穿不下，既不能放寬，也不能再加長。於是姆媽的購衣卡，先是被百貨公司的毛紡織品部門剪掉了大部分點數，接著又被裁縫師布拉史克太太用去了所剩無幾的最後幾個洞。伊娜有了一件藍色新大衣。

「現在正在打仗，這件衣服的料子這麼好，而且也沒有穿破，丟掉實在太可惜了。」姆媽一邊用手撫摸著伊娜那件紅色舊大衣的料子，一邊讚歎的說。「我想我可以利用這件大衣袖子給妳做個手籠。」

「手籠是什麼啊？」穿戴過的東西裡，伊娜從沒聽說這麼古怪的名字。

「是一種可以讓手保暖的東西。」姆媽解釋給她聽。

姆媽一向說到做到。沒幾天姆媽就把一個用毛料做的筒狀物交到伊娜手中，在筒身兩端的開口處，還鑲著一圈毛茸茸的皮草。姆媽把一條原先用來綁窗簾的線繩，做成了把手籠掛在脖子上的帶子，這樣手籠剛好垂在胸前，雙手可以隨時從兩邊插入，看起來，當然比自己織的連指手套體面多了。

「這裡面軟軟的一層是什麼啊？」伊娜一邊把手伸進去一邊問著。

「原來是件舊毛衣，現在我把它做成手籠的裡子。我不是常說嘛，不用的東西不要馬上丟掉，先留一陣子，說不定什麼時候又可以派上用場。」只是姆媽沒有提到，那件舊毛衣原來是她去世的公公的。因為姆媽不知道在中國文化裡，一般人對過世的人的衣物會不會有所顧忌。

伊娜對這個冬季新裝備相當滿意，馬上就帶著去溜冰。其實套著手籠，對溜冰反而是個妨礙，因為溜冰時，通常都要張開雙臂保持平衡。在這漫長的嚴冬裡，滑冰是伊娜最喜愛的活動。珞特家附近被河水淹沒的低窪地已經結冰，因為水很淺，而且離岸又近，所以她們可以在那兒溜冰，也只准在那兒溜冰。窄窄的冰刀拴緊在雪靴上，伊娜很快就學會了如何在冰上保持平衡。她可以往前滑、朝後溜、向左旋轉、向右畫圈、還能有模有樣的以8字型在冰上行進。當然最好玩的，莫過於在還沒有被滑過的冰上寫字了。

「用冰刀滑個中文字來瞧瞧吧！」珞特興致勃勃的對伊娜說。但伊娜想破了腦袋也想不出一個既是她認得，又可以用冰刀鞋一口氣滑出來的漢字。大多數的中文字筆畫都太多了，很難一氣呵成，除非是有名的大書法家，還有點兒可能。若想用冰刀鞋滑個中文字，那必須要做出非常大而複雜的疾速旋轉，才寫得出來。放棄滑個中文字，伊娜決定試試德文，「Ina」這個字比較短而且有可能一筆寫完，值得嘗試。但是不能避免的，當中還是需要好幾個急速轉彎才能完成。但終究她的名字還是歪歪倒倒，卻依稀可辨出現在光滑的冰上。

「明天下午我不能來溜冰，輪到我們去做冬令募款，兩個人一組，妳願意跟我一組嗎？」珞特問伊娜。

「我得問問姆媽才行，明天到學校再告訴妳。」

伊娜常常看到希特勒少女團和納粹少年團的團員，手裡拿著募捐鐵罐，站在城中熱鬧的街角，向來往的行人募款。捐款罐上寫著：「德國青少年冬令救濟募款」。她心中極渴望能參加這樣的活動，光是能將那個裝著募款的鐵罐搖得嘩啦嘩啦亂響，就夠讓人羨慕的了。至於捐款人，每一位都能獲得一個可以掛在聖誕樹上的木製吊飾作為答謝。

伊娜回到家，脫掉雪靴，把冰刀掛在儲藏室裡，便一陣風似的衝進廚房。

姆媽正在準備晚餐。

「明天下了課我可以和珞特一起去為冬令救濟募款嗎？」當她看到姆媽臉上遲疑的表情時，立刻接著說：「我們是為了讓有需要的同胞能夠得到適當的幫助！」這句話到底代表什麼意思，老實說她並不十分明白，但她知道，反正是件好事就是了。

「伊娜，我希望妳不要參加任何跟這個黨有關的活動。」

「姆媽，這是做好事啊！妳不是也捐錢給周日大鍋菜嗎？」

「捐錢和募款是兩回事。」

「但如果沒有人募款，又怎麼會有人捐錢呢？拜託，拜託，姆媽，就一次啦，好嗎？」

這個論點，姆媽就很難反駁了。「好吧，以慈善為目的的募款，應該不會是壞事吧！」最後她還是讓步了。「不過妳一定要穿暖和了。如果妳們一整個下午都站在外面的話，會很冷的。」

腳上穿著兩雙襪子再套上雪靴，頭上戴著毛帽，頸上圍著圍巾，手上戴著連指手套再加上新手籠，伊娜「全副武裝」前往預定地和珞特會合。珞特已經在一個熱鬧的十字路口，預留了好位置。兩人碰面後就攜手出發前往目的地。這次很例外的她們是坐電車去，因為學童要是為了人民福利進行募款，搭車是不用車票的。兩個小妮子興奮的嘻笑不止，上車後就往一個雙人座上「噗通」一坐。一路上她們不停咬著耳朵，時而低語，時而大笑，直到一位女士提著沉重的購物袋上了車，兩個女孩子準備起身讓座，才停止了談笑。

「真是謝謝妳們兩個啊，但我只需要一個位子就夠了。」

「噢！那我的好姊妹可以坐在我的膝蓋上。」珞特一邊說一邊把伊娜往自己懷裡拉。伊娜強忍住笑，轉頭望向窗外，為了不要穿幫，她把毛線帽一直往下拉，直到蓋住額頭為止。

「這位是妳的姊姊還是妹妹？」那位太太問。

「她跟我一樣大，我們是雙胞胎。」

「真的嗎？那太好了！妳們的媽媽以前一定把妳們打扮得一模一樣，對吧？」

「沒錯，但後來連她自己都分不清楚我們誰是誰了，」珞特一本正經，繼續胡說八道，她的褐色捲髮藏在厚厚的毛線帽下。伊娜極力忍住不要笑出聲來，幸好這時電車開到了「大選侯府」站。兩人含糊的向女士道聲「再見」，撒腿就往車門外衝去。下了車，兩個人抱頭大笑，久久不能停息。過了一會兒，等到喘過氣來，她們又手挽著手朝著市中心那個石雕騎士羅瀾走去。那實在是一個理想的募款位置，很多路線的公車在這裡都有停靠站，上下車的乘客都會在此稍做休息。而那尊雄偉的騎士雕像，高舉著出鞘的寶劍，正好給募款活動提供了絕佳的背景。

「誰不給錢，小心挨揍！」珞特又不正經起來。但她隨即換上一副嚴肅的表情，開始有模有樣，搖晃起手裡的樂捐罐。為了讓罐子搖起來的聲音更加響亮，她已事先丟了幾個銅板進去：「小小捐獻，冬令救濟！」

伊娜則將手中裝滿木製吊飾的盒子，伸向來往的行人，以便能吸引更多人來捐獻。一位包著頭巾、提著菜籃的太太停下腳步，在鐵罐中投下幾枚銅板，並選了一匹小木馬。一輛載滿乘客的電車又吐出了幾位捐款人士。然後好一陣子沒有任何動靜。開始下雪了，寒意從腳底一路往上爬。

「哎呀！下雪了，我們漂亮的溜冰場恐怕很快就要被雪蓋住了，」珞特說。「不過這樣也好，我們就不會為了要站在這裡募款，錯過了溜冰機會，而感到遺憾了。明天我們再用雪鏟清出一塊地方來溜冰。」為了取暖，她一邊說一邊還不停地換腳跳著；手裡的錢罐也跟著節奏，嘩啦嘩啦響著。

終於又有一個提著公事包的胖男人，停下了腳步，慷慨地在珞特的罐子裡投下可觀的捐獻，然後他從頭到腳不停打量著伊娜。

「真是好啊！竟然有日本小女孩，在為我們的德國同胞和軍人募款。由此可見，我們三個軸心國是多麼團結一致。」

怎麼又來了！伊娜想著想著，一股怒氣直往上衝，讓她整個臉都脹紅了。她心不甘情不願，把裝著聖誕吊飾的盒子遞到胖子面前。其實伊娜恨不得把它們全藏到身後去，這麼討厭的傢伙，根本就不配拿這麼漂亮的吊飾。

「不用了，妳們留著吧！」胖子大方的說，好像給了她們很大的恩惠似的。

伊娜依然禮貌的致謝，但沒有像珞特那樣屈膝行禮。等胖子轉身離去時，伊娜朝他做了一個鬼臉，還在他背後吐了個舌頭。

「嘿，伊娜，妳這是什麼意思？他捐了整整一馬克耶，這是我們今天最大的收入。妳幹嘛那麼生氣啊？」

「我不是日本人。」

「他怎麼會知道呢！而且這也沒什麼關係吧！是不是？」

「當然有關係！就是因為日本人侵略中國，我才會跑到德國來，日本是我們的敵人。」

「但日本人和我們是同盟國！他們和我們一樣，也對抗英國和美國。」

珞特說的當然對。伊娜從人民收音機中一再聽到這樣的廣播：「元首極力爭取與日本在政治、經濟及軍事上的合作。」或是：「日本實現了大東亞地區的新秩序，就像我們在歐洲一樣。」問題是，伊娜究竟是屬於哪一個「我們」呢？德國？中國？伊娜茫然了……

進了家門，凍得像根冰柱似的伊娜，若有所思的一步步爬上樓梯。她現在有自己的鑰匙了，她把鑰匙拴在繩子上掛在胸前。一反常態的，她不是乒乒乓乓，而是輕輕的打開了家門。今天她一會兒是珞特的雙胞姊妹，一會兒又變成了日本人，雖然她對成為好朋友的雙胞胎沒有任何意見，可這個下午的變化也實在太大了一點。

「今天過得怎麼樣？」姆媽坐在客廳裡問她。「妳們募錢募得順利嗎？」

「還可以。」伊娜做善事的興頭早消了。「我想，我以後不會再去了。」她又補上一句。姆媽意識到事情有些不對勁，便聰明得沒有再問下去。以姆媽對伊娜的認識，如果她對募款活動的興致已蕩然無存，絕不可能只是因為天冷的關係，一定還有其他原因。

每個星期天姆媽都會到新城的墓園去一趟，有時候伊娜也會跟著去。在中國，一般人每年只去先人的墓地一次，也就是四月初的清明節。清明掃墓的人會先將墳墓四周的雜草清除乾淨，再跟去世的先人一起「野餐」。他們將帶去的食物在墳前擺好，上香祭拜，讓亡者也能一起享用美食。等祭拜完畢，那些上供的食物就由掃墓的人負責吃掉。當伊娜腦海中回憶著這些事時，她意外的發現中國人不論慶祝什麼，好像都跟吃脫不了關係，不管是跟活人一起品嘗也好，還是跟死人一塊兒分享也罷。

在中國，墳墓大多四散在郊區的山坡上或田野間，而且都是看過「風水」才建造的。風水先生會用一個精密複雜的羅盤，按照死者的生辰八字及一些其他重要因素，來勘測墓地的方位。但在德國就不同了，墳墓都整整齊齊排著隊，統一的樣式，統一的規格，而且一整年都整理得乾乾淨淨。至於「風怎麼吹，水怎麼流」，在德國是不管這一套的。

姆媽去世的丈夫馮・史坦尼茨中尉是七月生的，每逢他生日這天，姆媽都會帶著一束他最喜歡的紫羅蘭花，放在他的墓前。伊娜已經跟姆媽來過好幾次墓園了。在那塊墓碑上先是刻著她公公的名字：

齊格菲・馮・史坦尼茨

少校

一八四〇—一九三六

戴尖頂頭盔的先生與兒子合葬在這裡，他的名字下面刻著中尉的名字：

喬治・馮・史坦尼茨

中尉

一八九六—一九一七

「妳先生過世得真早啊！才不過二十一歲。」

「是啊！我們結婚才一年，他就被徵召入伍。那時德國正在打上一場戰爭，他是在法國陣亡的。」

當姆媽在墳墓四周拔著幾乎看不見的野草時，伊娜忽然想到，她的母親在生她這頭一胎的時候，就因難產過世了，死的時候也不過就是這年紀。一想到這位同樣過世得太早，讓她根本沒機會認識的年輕女子，伊娜只覺得喉頭一緊，什麼話也說不出來。她的思緒從布蘭登堡新城的墓園，又飄回了上海老家的後院：

「妳要去幹嘛？劉媽。」當她看到家裡這位忠心的老僕人，手裡提著一個有著很多洞的紅色鐵桶，往廚房後面的院子去時，不禁好奇的問。劉媽另一隻手上握著厚厚一疊紙，看起來就像是一沓鈔票一樣。

「嘿，妳哪兒來這麼多錢啊？」

「這不是真錢，是冥紙。阿肥，冥紙是燒給去世的人的，他們在另一個世界也需要錢吃飯或者買一些必需品什麼的。」

銀娜用手指觸摸著粗糙的黃色紙張，有些紙上黏貼著一些薄薄的、金色或銀色的錫箔紙片，有些紙上則畫著各式各樣生活必需用品，比如說：梳子、髮刷、鞋子、筷子等等。

這時劉媽畫起了一根火柴，點燃了一張紙錢。那張冥紙很快就燒了起來，劉媽把帶著火焰的紙鈔丟進桶子，它在桶內又燃燒了一會兒，隨後就化成了灰燼。劉媽繼續將手中的冥紙一張張點燃，一張張慢慢的燒。她臉上表情專注又飄忽，伊娜一句話也不敢跟她說。等到劉媽燒完了紙錢，才跟伊娜解釋：

「冥紙要一張一張拿在手裡慢慢燒，並且要專心想著妳要寄去給他的那個人，這樣對方才能收到妳燒的東西，懂嗎？」

「這些冥紙是燒給誰的啊？」

「給我爸爸媽媽，他們倆都已經死了，就埋在我老家的村子裡。因為我每年只能回家一次，所以從這兒燒錢給他們。」

「妳覺得，我也可以給我媽媽燒點兒什麼嗎？」

「當然可以。」劉媽遞給她一些貼著金銀錫箔的紙鈔。銀娜小心翼翼拿起一張紙錢，心裡想著爸爸書桌上那張照片裡的年輕女子。她捏住紙錢的一角，讓它在桶子裡殘留的餘燼中引燃。當紙張燃燒起來，她就放手讓紙錢落入桶中。照著這個方式她又燒了好些紙錢。

「好了，現在再給我一把梳子和一把髮刷。」那兩張冥紙也在火光中化做了灰燼。銀娜努力想像著，這些東西是如何被迴旋的熱氣和飛揚的灰燼帶去給她的母親。

最後劉媽又點上幾炷香，並分了幾枝給銀娜。她們拿著香在胸前上下揮動了幾下，讓香頭真正燃燒起來，只見香煙緩緩上升，不斷在空氣中繚繞。

「謝謝妳，劉媽。」

「別客氣，阿肥。不過妳最好什麼也別跟妳爸爸說，因為他認為這些都是迷信。」

之後，銀娜悄悄溜進爸爸的書房，對著書桌上的照片凝視了良久，心中默默想著：「她的長髮又黑又亮，那把梳子和那把髮刷一定派得上用場。」

「伊娜，妳可以到前面井那邊接一壺水回來嗎？長春藤已經快枯了，該澆澆水了。」

伊娜嚇了一跳。姆媽的聲音突然將她拉回現實，但剛剛把她帶回上海老家的那股思緒，已經變成了具體計畫。

她們回家後，當伊娜坐在客廳的桌子前面寫作業時，她從素描簿中撕下一張白紙，剪成許多長方形小紙片。她把紙片藏在練習本和數學課本之間，偷偷在上面畫著她想寄給母親的東西：一束花、一把雨傘（因為颱風季節快要到了）、一盤餃子（這是伊娜最愛吃的食物）。然後就不知道該畫什麼了。最後伊娜決定畫一些鈔票，那最實際，有了錢，媽媽就可以買所有需要的東西。

但，在她那邊用的是什麼錢呢？伊娜已經不記得中國的鈔票長得什麼樣子，所以她毅然決定「發行」德國馬克：五元、十元、二十元、五十元，每一種都畫了很多。她把這些紙錢集合起來，藏在筆記本中，跟其他平常上課要用的東西一起帶回了房間。這天晚上，伊娜一反常態，不需要三催四請才上床睡覺，很早就自動跟姆媽道了晚安。

「妳不舒服嗎，伊娜？」

「沒有。但明天有數學考試，我得睡飽了才行。」其實，數學對伊娜從來就不是問題。

姆媽對伊娜的態度感到又驚又喜，於是像往常一樣親了她一下，跟她互道晚安，就輕輕把房門關上。小伊娜真的愈來愈懂事了，姆媽心想，臉上還帶著一絲驕傲。

直到姆媽上床就寢之前，伊娜得想辦法讓自己保持清醒才行。當然她的門縫底下絕不准透出任何光線，所以她不能看書打發時間。在黑暗中等待就更難保不睡著了。想睡著可以數羊，那不想睡著該怎麼辦呢？伊娜試著開始背誦九九乘法表，她們在數學課剛學了七的倍數。然後背英文課學的動詞和其慣用的介系詞，最後是地理課學的，多瑙河右邊的所有支流。當她再也想不出可以複習什麼的時候，她又試著用中文講孝子吳猛的故事，看看自己還能記得多少。問題是，講不出多少來了；這一連串密集、不尋常的記憶操練，伊娜覺得自己彷佛已經絞盡了腦汁。

終於，門外走廊的地板嘎吱嘎吱響了起來，然後是馬桶的沖水聲，最後她聽到姆媽臥房的門輕輕關上了。伊娜極力按捺著不要馬上行動。她坐在床沿上，想辦法集中精神在要做的事情上。

伊娜拿著一疊自製的紙錢，躡手躡腳的溜進廚房，再溜到面對中庭的陽台上。姆媽今年沒有把所有的盆子都種滿植物，所以那兒還空著幾個花盆。伊娜蹲下身子，劃了一根從廚房裡拿出來的火柴。幸好今晚沒有風。她點燃了第一張紙，是畫著花兒的那一張，心中想著照片中的母親：那位永遠不老、有著一頭黑亮秀髮的年輕女子。接著她點燃了畫著雨傘和餃子的那兩張，然後是那些畫著馬克的紙錢。伊娜先燒面額較小的紙鈔，一點一點把火燒起來，空花盆內的火現在愈燒愈旺了，映著伊娜紅通通的小臉。當她正要把最後一些面額五十元的紙鈔也投進火裡去時，一陣叫嚷聲把沉浸在思緒中的伊娜拉回了現實。

「失火了！救命啊！上面陽台著火了！」從下面院子裡傳來一陣喊叫。一個女人驚惶的聲音，混合著曼克先生低沉、震怒的咒詛聲。

「那是馮．史坦尼茨太太住的三樓。喂，上面發生什麼事情了？有人在陽台上嗎？」

屋外的騷動把姆媽吵醒了，她穿著睡衣出現在陽台門口。「唉呀，伊娜，妳在幹什麼？」她沒有等伊娜回答，一把將她拉進廚房，隨手扯了一條廚房裡的毛巾，向火源打去。當她三兩下撲滅了火苗，隨即對著下面院子喊道：「沒事，沒事，曼克先生。已經沒事了。」

「那就好。妳們到底在幹什麼？怎麼能隨便在陽台上生火呢？這不僅危害鄰居的安全，而且也違反燈火管制條例。」

「一時疏忽，曼克先生，一時疏忽，」姆媽試著平息下面鄰居的怒氣。「我向您保證，一切都控制住了。」然後她就將陽台門重重的關上，不再理會還在繼續謾罵的曼克先生。姆媽轉身看著穿著睡衣的伊娜，她正仰著臉怔怔的看著姆媽，好像還沒有回過神來。

「伊娜，這是怎麼回事？妳怎麼會想到要在陽台上生火呢？」

伊娜鼻尖漸漸發酸，強忍的淚水幾乎就要決堤。終於，她不再做無謂的奮戰，放聲大哭了起來。又一次，她感覺自己如此孤單，如此的不被了解。直到姆媽輕輕把她擁進懷裡，輕輕拍著她的背，那種「反正不會有人了解我」的信念，才動搖了起來。她想如果我跟姆媽好好解釋，她說不定能了解的，於是伊娜重新打起了精神。

「是為了我媽媽的緣故……」她一邊抽咽，一邊開始講述有關紙錢的故事。「我們今天不是到墓園去了嗎？……」

於是，這一老一小就坐在廚房桌邊，聊著聊著，不覺夜已漸深……漸沉……。姆媽終於了解了，中國人是怎樣懷念已逝的親人，又如何繼續照料他們死後的生活，即使是在相隔那麼遙遠的地方，也是一樣。

又要打包行李

1941年｜布蘭登堡

「一九四一年將會帶給我們歷史上最大的勝利！」元首在新年講話中鄭重的宣示。

對伊娜來說，這一年，只是得花更多時間躲在空氣污濁的地下室內，躲在防空管理員曼克先生嚴厲的目光下。英國空軍對德國的轟炸愈來愈頻繁，因為布蘭登堡位在飛往柏林的必經路上，城內又有許多重要軍事工業，所以有時轟炸機在到達柏林之前，就會先在這座小城丟下一些致命的禮物。

「現在開始，每個人都得把自己最重要的東西，收在一個箱子裡，箱子的重量只能在自己提得動的範圍內，當空襲警報響的時候，就可隨手帶到地下室去。」姆媽對伊娜說。在這之前，當她們躲避空襲的時候，都只帶著靠墊和毯子到地下室去，萬一碰到的是夜間警報，伊娜還可以在行軍床上繼續睡一會兒。但要想在地下室睡著，幾乎是不可能的，因為不管是偷聽大人談話，或是趁機看一會兒書，都要比睡覺有意思得多。夜間警報還有一個好處，如果警報在十二點之後才響，第二天早上，學校的課就會晚兩個鐘頭開始。

對伊娜來說，到目前為止發生過的事，都還是刺激多於害怕。就連曼克先生交給大家的防毒面具，她也只是覺得新奇而已。伊娜覺得，自己戴上防毒面具就像個小火星人似的。

收拾箱子卻完全是另一回事。伊娜痛恨打包行李。對她來說，一個收好的箱子，不是代表即將到來的歡樂假期，而是不可避免的苦澀分離。現在她又得再次面臨這無解的難題：在緊急狀況時，如何決定要帶走哪些心愛的東西，哪些則必須留下。於是伊娜強迫自己想像著將會發生的緊急狀況。

她坐在自己房間的五斗櫃前，攤開她那唯一的箱子，箱子上還掛著北德沙恩霍斯特號郵輪的吊牌。首先要帶的是那捆爸爸的來信，中式包折的信紙，展開後一行行工整的字跡從上到下映入眼簾，像這麼漂亮的中國字，伊娜這輩子大概都寫不出來了。雖然自己始終無法讀懂這些信，但她還是很謹慎的收進箱子裡。爸爸已經很久沒有來信，姆媽說是因為中國和歐洲之間的海路，被英國軍艦封鎖的關係。就連瑪爾塔現在也很少到布蘭登堡來，因為日益頻傳的空襲警報，已讓路程變得不安全，伊娜的中文課也因此荒廢已久。見不到瑪爾塔，伊娜常覺得失落和難過，倒不是因為不能上中文課，也不是因為沒有人替她翻譯。而是因為瑪爾塔來自同樣的家庭、同樣的國家，她們可以一起討論從收音機聽到或從報紙上看到的消息。譬如說：英國正在和日本對抗，但英國怎麼又變成德國的敵人呢？還有，像冬令募款發生的事：自己到底屬於哪一邊？屬於哪一個「我們」？這些問題，珞特搞不懂，而姆媽已經有夠多事情要煩，所以她只剩下瑪爾塔可以問了。

接著要帶的是紀念冊。小學畢業的時候[1]，伊娜班上每個人都準備了一本紀念冊，好讓同學和老師留言紀念。若有人請自己在他們的紀念冊中留言，則會覺得十分榮幸。通常留言的人會先寫一段事先選好的詩句，再畫上一些插圖或裝飾一些剪紙，也有貼上一張畢業照之類的。伊娜是全班最「熱門」的紀念冊留言人，因為她寫的內容總是與眾不同。她在姆媽的書櫃裡找到了一本《東方智慧語錄》，從這本漂亮的小書中，她選出了一些東方智者的話送給同學。她在德文簽名 Ina Chen 旁邊，還特意寫上了中文名字「陳銀娜」作為裝飾。這幾個中文字可羨煞了所有人，要求她簽名的人那麼多，到後來這三個字，還真是有模有樣的留在大夥兒的紀念冊上。

在伊娜將那本紅色亞麻布面的紀念冊放入箱子之前，她再次將整本留言翻閱了一遍。當時的體育老師是這樣寫的：

上帝分別出來的，
都是最好的——
人不該再將之混合，

才是對的。

「他這樣寫是什麼意思啊？」當時只有九歲的伊娜，疑惑地問姆媽。不知道為什麼，這四行詩像是無聲的指責，讓她感覺好像自己做錯了什麼似的。

「沒什麼意思，伊娜，妳知道總有些人會對外國人有意見，覺得每個人都應該待在自己的國家才對。」

「所以他指的是我囉？但是日本人攻擊上海，讓中國的情況變得危急，我又能怎麼樣呢？」

「當然不能怎麼樣。其實妳在這裡根本沒有問題。我還真不能想像，這幾年如果沒有妳在身邊，我會怎麼樣。現在是因為納粹主義的影響，所以才加深了這種排外思想。」

「但德國人也沒有待在自己的土地上啊！」伊娜反駁著，並想到她從人民收音機中聽到的廣播，總是一再宣稱德國是個「沒有空間的民族」，所以就派

1 德國小學（Grundschule）一共四年，七歲入學，到十歲「分科」，可以選擇讀職業學校學習一技之長，也可以繼續念八年制或九年制的普通中學（Gymnasium），畢業後能夠繼續升讀大學。

兵進占波蘭；對付奧地利就更簡單了，直接併吞了事。姆媽看苗頭不對，馬上就轉變話題，伊娜卻不罷休。她剛到德國時，常常因為長相被人嘲笑，大家都喜歡談論她的瞇瞇眼，讓她幾乎受不了。但那也只是剛開始的時候，漸漸的她也就習以為常。在布蘭登堡這樣的小城，身為一個中國人，不可能不引人注意。但為什麼偏偏是一位老師，在她的紀念冊上寫下這樣的字句呢？一位老師，不是更應該通情達理，更能體諒時局嗎？而且這跟上帝又有什麼關係？爸爸的大伯和姆媽的公公，根本就應該是敵人才對，但最後不也成了好朋友！

然後她翻到了英格的留言，她現在也在一個全然陌生的國度生活，但她過得好嗎？自英格走後，伊娜再也沒有聽到她的消息。這位如今流落異鄉的好友，當年在她的紀念冊上是這樣寫的：

堅石鋼鐵有時斷，
我倆友誼永長存。

英格畫了兩顆重疊的心和一些藤蔓將詩句框住。當初留言時，英格對未來的期望和她現在對未來的期望，是多麼不同啊！伊娜想像著，上海街頭所有的黑髮中國人，都好奇的回頭看著金髮英格。伊娜太清楚在異鄉被視為「異類」是什麼感覺，她也很明白，自己的同胞看到新奇事物時會有什麼反應，通常是不太顧及他人感受的。但為什麼英格非去上海不可呢？就因為她是猶太人的女兒，結果在家鄉也被視為「異類」的緣故嗎？

「身在家鄉為異客」想必要比「身在異鄉為異客」更加難受吧？伊娜思索著，因為在異鄉至少還有一個家鄉可以想念。她的目光不經意掠過地上攤開的箱子，這個想法讓她感到不安起來。最好還是別想下去了，伊娜再度把精神集中到紀念冊上。她在女子中學的德文老師留給她的一段話，最讓人感到安慰：

若能知己又知彼，
自然也就能明白：
所謂東方和西方，
早已不必分彼此。

體驗東西兩世界，
悠游往返心讚賞。

融合東方和西方，
自由徜徉最理想。

——歌德，《西東詩集》[2]

寫得真好！伊娜也正處於東方和西方兩個世界之間。看起來，歌德不但贊同這樣的交流，而且認為做到這樣才理想。所以他創作了《西東詩集》，原文的意思是「橫跨東西方的長沙發」，也就是說，身處在東西兩個世界之間，應該可以像躺在長沙發上那麼舒適，那麼自在。伊娜於是想像著自己正躺在這麼一張長沙發上，心中才略感踏實，她把紀念冊放進箱子裡。

接著要放的是日記。對於這本日記，伊娜的感覺相當複雜，但不管怎麼樣她一定會帶走。不然花了這麼多精力寫，所為何來！自從她的德文比較進步以後，姆媽就堅持她要天天寫日記。剛開始的時候，真的就像做功課，每天絞盡腦汁也不知道該寫些什麼。記下來的也都只是簡短的日常規律作息而已。但自從瑪爾塔很少來看她們以後，這本日記幾乎變成了她和自己說話的對象，伊娜把對世界局勢的看法和心中的疑慮，都坦白寫在日記當中。

姆媽聽了人民收音機中有關東歐戰況的報導，額前的皺紋變得愈來愈深。

從一九四一年夏天開始，德國陸軍勢如破竹向蘇聯挺進，人民收音機一再播放李斯特的《前奏曲》：「號外，號外，現在是一則特別報導！」然後就是一連串聽不懂說不清的俄國城市名字，這些城市都是被德國軍隊占領了。第二天這些城市在學校的地圖上都會被插上小旗子。「德國陸軍所向披靡，再度告捷！」

相對於德國的一路告捷，中國的局勢卻變得混亂不明。日本人在南京扶植了一個由汪精衛主導的中國政府，但同時美國卻支持另一個在重慶由蔣介石領導的中國政權，因為以重慶為據點，又被稱為重慶政府。當時伊娜的父親是在一家美國銀行工作，為了就近知道重要政策的制定而追隨重慶政府。

好了，現在不要再想這些讓人憂心的事了。還有裝著護照和重要證件的文件夾也要帶好，再加上幾件換洗的內衣褲、一件厚毛衣、一本她最愛看的少女小說，這套小說她全部都有，看完一本隨時就抽換。當然，還有那盒行過千山萬水的骨牌接龍遊戲。嗯……這樣應該齊全了。

2 歌德：Johann Wolfgang von Goethe, 1749-1832，德國大詩人。《西東詩集》（*West-Östlicher Divan*, 1819-1827），歌德晚年最後也是最重要的一套詩集，全套共十二冊。

裝好的箱子很快就派上了用場。英軍多半在伊娜就寢之後轟炸。這一晚，她完全沒有聽到那一聲聲長短相間的警報聲，直到有人不停搖晃著她的肩膀，她才醒了過來。

「醒醒，伊娜，我們得趕快到地下室去。」

她迅速在睡衣外面套上薄外套，沒穿襪子就套上鞋子，一手拎著箱子，一手抱起已放在門口的毯子，隨著姆媽匆匆下樓。樓梯間已沒有動靜，其他人都已經到了地下室，她們顯然是最後兩個了。

「我說嘛！也該來了吧！」曼克先生一邊說，一邊以責備的眼光瞪了伊娜一眼，隨後關上了防空避難室那扇厚重的門，並從裡面閂好。

鄰居互相擠了擠，挪出一些空間，讓姆媽和伊娜能在水桶、滅火棒和危急時可從屋外打入新鮮空氣的防空抽氣機之間，找到位子坐下。大夥兒的防毒面具都準備好了，在曼克先生的指導下也都知道怎麼使用了。伊娜想辦法擠到那盞昏黃的燈光下，在轟炸開始前，也許還可以看一會兒書。

伊娜完全沉浸在少女小說的情節中，忽然聽見上頭傳來鄰居太太尖銳的聲音，衝著姆媽說：「我可不會讓我的孩子看這種東西，這些書是一個猶太女人寫的。」

姆媽還沒來得及回應，遠方便隱隱傳來轟隆轟隆的引擎聲。英國轟炸聯隊正向柏林四周的空襲防禦工事逼近。駐紮在布蘭登堡前的高射砲部隊——伊娜知道，那就是負責擊落飛機的大砲部隊——開始發砲攻擊，隆隆砲聲加上飛機引擎聲，匯集成一股震耳欲聾的巨大聲響。地下室內的燈泡開始閃爍，伊娜「啪」的一聲闔上了書，塞進外套口袋，趕緊向姆媽身邊又挪近了些，外邊轟天的巨響讓鄰居太太也住了口。所有人一聲不吭的坐著，各自想著心事。地下室內的空氣愈來愈差，也愈來愈悶。姆媽用面紙輕輕拭去額頭汗珠。人人沉默的自忖著：這些飛機會在這兒就投下炸彈，還是會飛到柏林才開始轟炸呢？

過了不知多久，一聲長長的解除警報終於響起，和鄰居簡短的道過晚安，姆媽和伊娜疲累的爬上三樓。伊娜覺得剛剛在空氣污濁的地下室，緊挨著姆媽枯坐、苦等、打瞌睡的這段時間，似乎有一世紀那麼久。回到家，看了一眼客廳角落的小笨鐘，姆媽說：「一點十五分了，伊娜，明天可以睡飽了再起床。」這也算是一點兒補償吧！

一九四一年的下半年，愈來愈常得躲避空襲。對學校一再放掉的課假，伊娜早就不再感到高興。甚至對原本最心愛的聖誕節，現在被稱為「國家社會主義的人民聖誕節」，也都不再期待了。十二月七日晚上，伊娜和姆媽坐在客廳的圓桌前，正用稻草編結著聖誕星星時，從人民收音機裡傳出了日本攻擊美國的夏威夷海軍基地珍珠港的消息，美國的太平洋艦隊被摧毀了一大半。

「天啊，這些日本人是不是瘋啦？」伊娜不禁脫口而出。

第二天美國正式對日本宣戰。和日本結盟的德意志國不願置身事外，於是在十二月十一日也對美國正式宣戰。

至於這些宣戰所代表的意義，伊娜是最近一次和姆媽去看電影的時候，她才真正清楚意識到的。姆媽是個電影迷，打從一開始，只要有適合的電影，就會帶伊娜一起去看。姆媽認為看電影是很好的語言訓練，當然在看完電影之後，還有人可以一起討論劇情，那就更好了。伊娜很享受在電影院的時光，她會整個人縮在絨背椅中，任憑自己被帶到另一個全然不同的世界去。這次看的電影是一位人物的故事，片名叫《費德曼．巴哈》，這部電影輕輕鬆鬆就通過了姆媽嚴格的電檢關卡。伊娜學過好幾首曲子，都是出自樂譜《給威廉——費德曼．巴哈的鋼琴練習曲》，所以她知道那是大音樂家巴哈長子的名字。

電影播映前，照例先放上一段「德國一周新聞集錦」。銀幕上先出現了德國國徽上那隻巨大無比的老鷹（伊娜始終覺得那隻鳥看起來過於兇悍），然後是製作新聞報導的政宣公司。關於最新的戰況報導，自然是日本對德日的共同敵人——美國——宣戰的消息。只見腳踏黑色長統軍靴，身穿點閱軍服的日本軍人，整齊畫一的在日本軍旗（白底上放射出光芒的紅太陽）的招展下大步前進。日本天皇正看著一張紙大聲唸著什麼，群眾則興奮、激動的熱烈鼓掌。片中穿插著轟炸機，將炸彈投向巨大戰艦的鏡頭，只見水花、水柱四濺，蕈狀的雲霧四起，一艘巨輪被炸毀了，船尾慢慢沉入水裡。然後又是校閱軍隊的畫面，這次是近距離鏡頭，一張張亞洲人臉孔，個個面無表情；一把把扛在肩上的槍，都上著尖尖的刺刀。伊娜只覺得背脊一陣冰涼。姆媽憂心的看了她一眼，準備起身帶她離開。但伊娜只是目瞪口呆的坐在原處，一動也不能動。播報員說了些什麼，她一句也聽不見，只是目不轉睛緊盯著銀幕。她們的座位剛好又在觀眾席中間，要離開勢必會打擾到鄰座的人，於是姆媽放棄原先的打算，縮回了位子中。這時候銀幕上已經在播放關於法國前線的消息。

終於，電影開始了。伊娜努力想將剛剛那些日本軍人的畫面趕出腦海，集中精神在那位一生潦倒、抑鬱不得志的音樂家，還有那些耳熟能詳的音樂旋律上。但她沒有成功。那些遊行的士兵一再出現在眼前，咄咄逼人，直衝著她來。

回到家，伊娜坐在攤開的日記簿前，試著了解新近發生的事，新的局勢變化，對她來說到底意謂著什麼。美國一直是支持重慶政府的，正因為如此，身為美國銀行職員的爸爸，才會跟著政府遷到重慶去。而日本人就是因為美國對重慶政府的支持，所以偷襲美國的珍珠港，炸毀他們的海軍艦隊。這意謂著，她現在生活的德國，和支持她祖國中國的美國，陷入了同一場戰爭。一想到這兒，伊娜就覺得害怕。下次在學校裡，當其他人又齊聲高喊「勝利！萬歲！」時，她應該怎麼想？她，伊娜．陳，到底希望誰贏得戰爭？當敵人突然變成盟友，而盟友突然變成敵人的時候，又該怎麼辦呢？尤其像她這樣的小女孩，在面對整個世界無可避免的局勢變化，又能做出什麼反抗？每次在玩連珠棋時[3]，自己最喜歡先布好局，再請君入甕，讓對手的棋子進退兩難，最後不管怎麼走都會被吃掉。現在她的感覺，就像困在死角的棋子一樣。伊娜憂心忡忡，寫下了年終感言：

今年年初所有的人都期望，這一年是充滿和平的一年。但四一年既沒有給中國也沒有給德國帶來和平。相反的，愈來愈多的國家捲入了戰爭。十二月初，日本直接公開對美國宣戰，這真的是很糟糕，因為英國和美國是僅有的仍在幫助中國的國家。中國被日本占領的部分，已經歸屬於軸心國。姆媽說沒人知道這會給中國重慶政府帶來什麼樣的後果，因為我們獲得的消息只是片面的消息。

伊娜不假思索，筆尖的墨水就將這個「我們」寫了出來。

3 連珠棋：Mühle-Spiel，一種德國桌上遊戲。

可怕的夢

1942年｜布蘭登堡

「姆媽，到底誰是騙子『薛鞋兒』啊？」吃午飯的時候伊娜不解的問。回家路上，她偶然從一些大男孩那兒聽到這個稱呼。自冬雪融化，第一波盛開的小雪鈴花捎來了春天訊息，這時，英國空軍的轟炸愈來愈頻繁，轟炸經常發生在午夜以後，還伴隨著夜間戰鬥機。第二天學校裡的頭條新聞一定是英國的攻擊，但學生最津津樂道的，往往是德國戰鬥機又造成了敵方多大的損失。不論男孩還是女孩，都熱烈收集著德國飛行英雄的肖像卡，誰又擊落了幾架敵機，是每天收聽廣播的重點，就像每天收聽足球比賽的最新結果一樣。無庸置疑的，維爾納·莫德斯上校（Werner Mölders, 1913-1941）是戰鬥機飛行員中的頭號英雄，他曾獲頒鑲有橡樹葉、寶劍或寶石等不同圖案的騎士勳章。而且他是布蘭登堡人，人民收音機中還說，他是空軍史上第一位擊落一百架敵機的戰鬥機飛行員。所以大家都以他為榮。一九四一年莫德斯上校因為一起意外，不幸身亡。

「妳一定聽說過英國首相溫斯頓·邱吉爾吧？」姆媽解釋著。「據說他講了很多關於德國的謊話，所以大家就叫他騙子邱吉爾。『薛鞋兒』就是指邱吉爾，大家是故意把他的名字叫成這樣的。」

「噢，原來是這樣啊！」伊娜拿起放在餐桌上的報紙，她也希望能跟大家一起討論時事。突然，一則短新聞的標題映入眼簾：「沙恩霍斯特號郵輪售予盟友日本」。

「姆媽，這不是我來歐洲時坐的那艘船嗎？」不等姆媽回答，她便迫不及待大聲唸下去：「北德勞埃德航運公司東亞快速郵輪，渦輪引擎，體積一八一八四總登記噸，身長一百九十公尺的『沙恩霍斯特號』郵輪，昨天隆重交接。這艘原為載運旅客的郵輪，將改建成載運飛機的航空母艦，今後易名為『神鷹號』，並懸掛日本國旗航行。」

報導下方是一張照片，照片上郵輪神氣的展示著巨大白色船身。伊娜用手指畫過船上一排排小圓窗。大概就在這裡吧，是她和美華遠渡重洋來歐洲的時候，所住船艙的位置。而現在這艘船竟然屬於日本人了？偏偏屬於這個「我們的朋友和盟國」！茫然無措的感覺再度襲上心頭，伊娜不知該何去何從，同時意識到回家的路已被切斷，胃就好像突然被人重重打了一下。

「姆媽，」伊娜結巴的說，「現在我可再也回不去了。」

原先站在背後，越過伊娜肩膀看報的姆媽，現在坐到對面，語調平靜的跟伊娜解釋：「照目前的情況來看，要回去是有點困難。但那跟賣掉『沙恩霍斯特號』郵輪沒有直接關係。自從日本對美國宣戰以後，一般船隻都不可能開到東亞去，所以德國想要把那艘大郵輪趕快脫手。妳現在還用不著為世界的局勢擔心，我們還是先來想想：『周末必須買點什麼吧？』沒有人造奶油了，這個月買油脂品的配給票也用完了，所以我們得想點辦法來湊合一下。我還有一塊肥豬皮在櫥櫃裡，可以熬化了做油，明晚用來做雞蛋煎餅吃。不過，還得先弄到一些雞蛋才行。現在不比從前，需要什麼，到市場去就買得到的時代，已經過去了。」

姆媽一反常態，絮絮叨叨說了一大堆。雖然不能抹去伊娜心中的不安，但她知道，一個飽足的胃可以帶來很大的安慰，也可以讓心裡有踏實感。於是她還是很高興的用著這個放諸四海皆準的解救方法。

「做雞蛋煎餅嗎？太棒了！還要配上蘋果泥吃！」一瓶瓶密封玻璃罐裝的蘋果泥，早就整整齊齊擺在地下室的架子上。雞蛋煎餅加上姆媽自製的蘋果泥，這個臨時提案，伊娜舉雙手贊成。她現在學會了如何翻面，當蛋餅的一面煎得金黃油亮後，要以敏捷的手法拋在空中翻面，運氣好的話，再用煎鍋將蛋餅接住。

這個星期六又到了洗衣服的日子，這裡每十四天才洗一次衣服，這天姆媽大部分的時間都得跟洗衣服的米勒太太在樓下洗衣房工作。首先她們必須將蓄滿水的大鍋爐燒熱，再把髒衣服浸泡、煮開，最後沖洗、擰乾，再晾到曬衣間裡。因此，午餐通常只是簡單的一鍋湯，姆媽會事先煮好，伊娜只要到時候幫忙熱開就行了。這樣兩位辛勤工作的女士，也就是胖胖的、長年洗衣而雙手紅腫的米勒太太，和不習慣勞力工作而特別疲累的姆媽，就不用浪費太多時間做午餐，到時候只要往飯桌前一坐就好了。

一開始伊娜很難聽懂這位洗衣太太所說的話，她的老家在德國南部的黑森林，現在則落戶在哈佛爾河畔的布蘭登堡。她說的方言句尾總是帶著個「le」音，表示小的意思。「嘿，我們的中國女孩le好嗎？」每次她都會這樣問候小伊娜。對於「le」音，伊娜一點也不陌生，因為中文也有個「了」字，只不過「了」用在句尾，跟小無關，而是表示已經發生的意思。伊娜對手粗心軟的洗衣太太很有好感。「妳知道嗎？我也是從外地來的！」米勒太太第一次見到伊娜時，就用那很重的鄉音跟她吐露心聲。伊娜起初雖然聽不懂米勒太太在說什麼，但隨即就明白，米勒太太和自己一樣都是布蘭登堡的異鄉客；而且那樸實、真誠的態度，總是讓她想起劉媽。

洗乾淨的衣服終於晾好，米勒太太的工錢也付過了，姆媽稍事休息，就要開始做雞蛋煎餅。伊娜早就把要用的材料、攪拌器和煎鍋等都準備妥當。姆媽也很幸運的買到了雞蛋。這年頭什麼都不可靠。原本在伊娜眼中就乏善可陳的市場，現在更是要什麼沒什麼。

姆媽和麵的時候用了啤酒來代替牛奶，一方面因為牛奶日益奇貨可居，另一方面，姆媽說也是因為啤酒能讓麵團更加鬆軟，讓煎餅帶點苦味，這樣搭配甜甜的蘋果泥來吃，口感更佳。伊娜拋餅、翻面的技術愈來愈好，如果劉媽看到的話，一定會瞠目結舌。

終於她們坐在飯廳裡，面前是一盤香噴噴、落得整整齊齊的蛋餅高塔。兩個人都覺得，經過了忙累的一天，該好好犒賞自己一番。伊娜一張接著一張的吃著，享受的將蘋果泥塗在熱呼呼的煎餅上，再將餅整個捲起來，看來就像是個中國巨型春捲一樣。非常難得的，姆媽竟然允許伊娜用手拿著捲餅吃。

不久，伊娜撐著飽飽的肚皮，滿足的躺在床上。拜託，拜託，今天不要再有空襲警報了！伊娜默默祝禱著。一想到要離開溫暖的被窩，拖著箱子躲到地下室去，就感覺特別難過。她不斷側耳傾聽是否有警報響起，還好終究沒有動靜，只有大教堂鐘塔按時傳來的鐘聲。原本的飽足感，在胃裡漸漸變成不適的脹痛，也許五張煎餅是多了點！最後，伊娜還是倦極而眠，昏昏沉沉睡去了。

夢裡，她走在熟悉的上海街頭：濕熱的空氣、五花八門的中式招牌、各種小吃的叫賣聲，混雜著各式撲鼻的香味。就在她還沒能決定要吃什麼之前，忽然聽到一種低沉迫人的引擎聲。這個聲音她也非常熟悉：那是專門對地面掃射的低空戰鬥機！但是，為什麼沒有聽到警報呢？

她和其他人一起彎腰躲在一棟房子的大門內。接著一隊低空戰鬥機飛進了寬闊的大馬路。伊娜認得機翼和機尾上的標誌：白底上放射出太陽光的紅日。那不是英國的空軍轟炸聯隊，那是日本人！那是日本軍旗！伊娜大驚失色。炸彈，至少連續五枚炸彈，緊密的沿街投擲而下，硝煙四起，泥灰飛揚，子彈劈里拍拉的掃射過路面。

伊娜埋頭縮在角落，不停的發抖。飛機才剛剛飛走，一群人便從對街迎面走了過來，衣衫襤褸，面容憔悴，深色大衣上都繡著一顆黃星星。當他們漸漸走近，伊娜看到這些人臉上都有著醜陋的鷹鉤鼻，兩鬢留著一撮髮捲並戴著黑色的小帽。他們都垂著頭，拖著吃力的步伐走著。有一個金色捲髮的小女孩也在當中，大衣上同樣繡著一個代表猶太人的黃色星星。「英格，」伊娜一直蹲伏在大門內，她大聲的從角落裡叫著：「英格！」

伊娜猛然坐起身來，一下子不知道自己身在何處。她額頭冒著汗，一把掀開厚重的羽絨被，一時間無法掙脫惡夢的陰影。她一邊用腳指四處探著脫鞋，一邊摸黑向走廊走去。

她應該剛睡沒多久，因為客廳的門縫下面還透著亮光，幸好姆媽還沒睡。當伊娜的手剛剛抓住門把，就聽到像貝多芬《第五號交響曲》開頭的那四個音符，「答─答─答─答──」的聲音，從人民收音機中傳出來。但姆媽並不是在聽古典音樂節目，因為馬上就有個很嚴肅的男人聲音開始講話，伊娜一下子完全清醒了過來，而且知道那代表著什麼。

人人都認識這個其實不該認識的訊號，那就是敵方的廣播，也就是英國BBC廣播電台，從倫敦發送的德語新聞節目開播的訊號。在德國境內收聽這個廣播節目，是要判處死刑的。誰要是偷聽敵方的廣播，誰就是「廣播罪犯」，就是「人民的害蟲」。在學校，大家私下才敢談論這些事。學生之間流傳著一些玩笑的說法，像是：「親愛的上帝，請把我變聾，以防我偷聽敵方的廣播。」或是「三個女孩聽廣播，一個轉到英國台，結果就只剩兩個。」但現在她一點也不覺得這些玩笑話有趣。

伊娜剛剛還全身發熱，現在卻因為害怕，一下子全身冰冷了起來。姆媽怎麼可以做這麼危險的事呢？如果被逮到了怎麼辦？如果鄰居聽到了，向曼克先生檢舉怎麼辦？她輕輕按下門把。姆媽正趴在收音機前，耳朵緊貼著蒙著布的喇叭。聽到聲音，她驚嚇的轉過身子，面色蒼白，神情緊張，雙頰上浮現紅暈。她看見是伊娜站在門口。「妳在這裡幹什麼？妳不是早就該睡了嗎？」

「我做惡夢了，而且肚子好痛。」伊娜為自己的出現感到抱歉，但還是忍不住說出心中的害怕：「姆媽，不可以的！妳聽的是敵人的廣播，那是嚴禁收聽的。學校的西蒙萊小姐跟我們說，最近有個年輕人被處死，就是因為偷聽了敵營的廣播。」

姆媽定了定神，先把收音機關上，再把伊娜拉向沙發，用毯子將她裹好。「妳先坐下來，我們再慢慢說。」

「妳說的完全對，」姆媽等裹著毯子的伊娜舒服的在沙發一角坐下後，才開始解釋：「但妳絕不能跟別人提起這件事。英國人對德國城市的轟炸愈來愈猛烈，我已經不能再相信德國的新聞報導。當呂北克遭到攻擊的時候，我們的廣播說只有五十人陣亡，事實上卻死了好幾倍的人。而且關於亞洲的戰況，我也必須要知道。所以有時候我一定得收聽一下英國電台的廣播。畢竟我對妳負有責任。」

伊娜從未看過姆媽的情緒如此激動。她通常絕不會這樣，又急又猛一口氣講這麼多話。

伊娜沉思著。「是啊，也許吧！」她有點遲疑的說。「但這麼做真的好危險，妳一定要很小心、很小心才行。我現在只有妳了。」

坐在伊娜旁邊沙發上的姆媽，用手臂圈住她的肩膀。「我會小心的，我向妳保證。」

「姆媽，我今天可以跟妳一起睡嗎？我怕我又會做惡夢。我夢到自己在上海，日本的低空戰鬥機朝我們掃射。還有英格也在那兒，她跟一些好奇怪的人在一起，那些人看起來就跟曼克先生明信片上畫的猶太人一樣。每個人外套上都有一個猶太人的星號。」伊娜急切講述著她的夢境，講得幾乎喘不過氣來。即使身在燈火通明的客廳，她仍禁不住打了一個冷顫。

「我的小可憐，妳當然可以跟我一起睡。妳的肚子現在怎麼樣了？」

「肚子好多了。」伊娜因為諸多驚嚇，已經忘了胃中的不適。

「今晚可能還是吃了太多煎餅。不過，現在到我臥房去躺下吧，妳的惡夢追不到那兒去的。我一會兒就來。」

姆媽身邊空著的那張床，一直都鋪著乾淨的床單和被套，伊娜只需要鑽進被窩裡去就好。不一會兒姆媽也進來了，並熄了燈。伊娜在潔白芳香的被窩中，盡情舒展著四肢，大大鬆了口氣。

拜託，拜託，不要再有炸彈了，不論是在現實中，還是在夢境裡。伊娜心裡一邊祈求著，一邊聽著姆媽均勻的呼吸，漸漸進入了夢鄉

轟炸柏林

1943年｜布蘭登堡

戰爭持續著，從一九四二進入一九四三年的冬天異常寒冷。女孩子在學校的家事課上，都在為赴俄國打仗的士兵編織手套。伊娜總是在為掉針奮鬥，不管怎麼弄，五根鉤針總是有一根會掉落，每次都得靠姆媽收拾殘局。這些手套是專為在史達林格勒的士兵織的。史達林格勒是東線戰場上的軍事重鎮，自從德軍攻入後，就一直被元首宣示為「德俄之戰的勝利象徵」。但困守在那裡的德國士兵，已經被蘇聯紅軍封鎖包圍了一個多月，得不到援助和補給。因為元首下達了不准撤退的命令，所以他們不准突圍尋求生路。一月底，伊娜還沒有將手套的大拇指鉤完，史達林格勒就淪陷了。德軍死傷慘重，數以萬計的士兵被俘，成為俄國人的階下囚。

要獲知戰敗的消息，並不需要收聽敵方的廣播。大人們背地裡全都在談論這場有如歷史轉捩點的戰役。德國宣傳部長約瑟夫．戈培爾於二月十八日在柏林體育宮對全體國民做了盛大的演說。這個身材矮小、腿有點兒瘸、總是激動喊叫著的男人，學生常在背地裡戲稱他為「侏儒妖─洪普提茨」。這名稱伊娜一聽就明白，腦海馬上浮現《格林童話》裡的插畫：一個面貌醜陋的矮小男人，身上穿著奇裝異服，正圍著火堆跳舞。這個壞心的侏儒妖給皇后出了一道難題，如果猜不出他叫什麼名字的話，就要把皇后的孩子帶走。自從伊娜知道故事有個圓滿結局以後，每次讀到皇后在猜：「你是不是叫『立噴必死』？還是叫『蛤蟆瓦德』？或者叫『屎牛掰』？」時，總是開心大笑，甚至自己也想出一些希奇古怪的名字來，送給壞心的侏儒。

但是，現在的情況一點也不好玩，故事的結局一點也不樂觀，因為這個侏儒妖還要把更多孩子從他們的母親身邊帶走。「我問你們，」戈培爾在收音機中大聲喊著，「你們是不是和元首一樣，和我們一樣，相信那總體的勝利，終將屬於全德國人民？」德國人民，至少在體育宮裡的那些人民，全都大聲應和著。但要得到總體的勝利，就必須先打一場總體戰爭。於是他又繼續問：「你們都準備好要打一場總體戰爭了嗎？一場前所未有、竭盡所有的總體之戰？」民眾再次群情激憤的高喊：「是的！」

演講結束了，但熱烈的掌聲還持續了將近半個鐘頭，收音機全程轉播了現場的盛況。姆媽在幾分鐘後就關上了收音機，但從鄰居那兒，仍一直不斷傳來群眾鼓掌和歡呼的聲音。她們彼此看著對方，姆媽的眉頭緊蹙，伊娜則不自覺起了一陣雞皮疙瘩。她彷彿又看到《格林童話》中的侏儒妖在眼前跳躍著，而這一次卻威脅到她的生活。更糟糕的是，沒有任何咒語，可以把現實中這個壞心的妖怪變走或放逐。

姆媽和伊娜很快就在日常生活中感受到所謂「更多犧牲和更大奉獻」的總體戰。除了西戰線和東戰線，現在還增加了所謂的「後方戰線」，而且一直延伸到了教堂島。因為原本在城外四周負責發射高射砲的男丁，現在都必須上前線打仗，於是所有還在學的學生和學徒，都被徵召到高射砲部隊去當差。比如珞特的大哥，才剛滿十七歲就被派去部隊作高射砲助手。相較之下，替軍人編織手套，實在是太輕鬆了。

隨著春天的到來，學生要盡的義務也跟著增加，高年級女生必須到野外去採集藥草。因為物資缺乏，真正的紅茶早就買不到了，於是人們用榛果葉、樺樹葉再加上蕁麻，混合成藥草茶來飲用。每名女學生都必須繳交兩百克乾葉。這個數字聽起來不多，卻很費工夫：為了最後能秤得兩百克的乾葉，事先收集的新鮮葉片必須要多出好幾倍才夠，而且不是所有葉子都能用，只有新生的嫩葉才算數。還得注意，必須是長在比較高的地方，沒有被狗尿到的葉子才行。不過最最重要的是：千萬不要被分配到去採會扎人的蕁麻草！結伴採集總是比較有趣，於是伊娜和珞特約好了下午碰面。

帶著籃子，兩人在林邊的榛果樹墩上坐了下來，珞特問伊娜：「妳有沒有收到一張關於『兒童下鄉』的通知？」

「沒有，什麼事？」

「今年五月起，布蘭登堡所有十到十四歲的小孩，都可以去希特勒青年團的度假營度假半年。我覺得真是太棒了，想想看——半年！這麼長的假期！當然，在那兒也要上課，但我相信絕不會像這兒辛苦，而且一定很好玩。我要去確定一下，我的隊員是不是都報名了，這樣我們才可能都在同一隊。怎麼樣，妳不想一起來嗎？」

「妳覺得可能嗎？不是一定要希特勒少女團的團員才能參加嗎？再說，姆媽也絕不會答應的。」

「總可以試試看吧！」

伊娜帶著滿手刮痕和滿籃葉子回到了家。現在她必須把這些葉子鋪在報紙上晾乾，然後帶到學校「過磅」，交不交得了差，就要看秤出來的結果了。

伊娜趴在儲藏室的地板上，一邊將葉子仔細的鋪在報紙上，一邊暗自思量，難道自己真的想花這麼久時間，跟這麼多的孩子在度假營裡一起生活嗎？青島育幼院的畫面在她腦海浮現：熱牛奶、兩兩排排站、唱兒歌、圍著圈圈做遊戲……。在這個「兒童下鄉」的計畫中，還會有早點名和升旗典禮等活動，參加的人全都得在大寢室或帳棚中睡覺，沒有一點兒個人的空間和時間，也沒有姆媽默默的關懷；再加上，將有長達半年時間聽不到爸爸的消息，不知道他過得怎麼樣？那已經分裂，被日本占領了一部分的中國，情況會如何發展，也令人憂心。如今自己又陷在一個什麼「總體戰」之中，這一切都讓人沒有去度假的心情和感覺。當她把樹葉都鋪好在報紙上時，也下定決心，她根本就不要問姆媽可不可以去度假營。珞特明天問起來，她就直接說姆媽不准就行了。

事實上伊娜連這個小謊也不用撒了。第二天一早在課堂上，老師對全班說：「現在我向大家宣布，我們班三十三位同學當中，有十三位可以去參加今年暑假的『兒童下鄉』活動。妳們要非常感謝這樣的安排。」班上部分同學大聲歡呼了起來。「相信大家都能了解，這個『兒童下鄉』活動，外國同學是不能參加的。」說完，老師用眼睛餘光瞥了伊娜一眼，然後繼續宣布：「參加的同學請注意，妳們白天將在戶外新鮮的空氣中鍛鍊身體，晚上則在營區內學唱愛國歌曲；妳們要在體育競賽中充分展現實力，當然也要繼續採集藥草和收集舊貨，克盡在後方陣線的各項義務。」

珞特呻吟了一聲：「哎喲，我真恨死那些蕁麻草了！」

「度假營的位置離敵機轟炸的地區很遠，妳們在那兒也會像在學校裡一樣，每天都要上課學習。」

更多的呻吟聲從四方響起。

「我乾脆直接棄權算了。」珞特悄聲的說。

「至於留在這裡的二十位同學，將和九年二班合併上課。」

這下輪到另一部分同學開始怨歎。因為大家都一致認為，二班的女生很討厭，有幾個簡直就讓人受不了。

「這麼安排也是因為學校的需要，因為二班導師，我們的高賜先生，馬上就要離開大家到前線去了。」

一聽到這消息，全班頓時發出了一聲失望的「噢──」，因為學生非常愛戴這位生物老師，她們都暱稱他為「小高」。

「我將是兩班合併後的導師，期待大家要比以前更遵守紀律，對班上的事要更熱心參與。」教室裡一片沉寂。「在這個戰爭的非常時期，讓我們人人站在各自的崗位上，竭盡一己心力，為德國獲得最後的勝利而努力！」女老師在說出最後一句話的時候，把聲音提高了許多，於是全班立刻群起高喊「勝利！萬歲！」以為應和。

在課堂上這樣大呼小叫雖然很過癮，但伊娜最近對這種一再被強調的勝利，愈來愈感到懷疑。再說她早就非常困惑，這場愈打愈混亂的戰爭，她究竟應該希望誰贏？基本上她只希望一切盡快結束。但她必須知道外面的世界到底發生了什麼事，這既不可能從「兒童下鄉」的輔導員口中得知，也不可能從人民收音機中的政宣節目獲悉，唯一的可能，就是從姆媽偷聽的敵方廣播裡知道，這也是為什麼她一定要待在姆媽身邊。關於這件事，她們倆心照不宣，也絕口不提。對外，伊娜裝著不知道姆媽偷聽的事，對內，她也約束自己，不再出奇不意的出現在客廳裡。而姆媽只要聽到亞洲戰況的消息，馬上就會轉述給伊娜知道。

如果妳們以為，我會因為不能去那個什麼鬼度假營而難過的話，那妳們可大錯特錯，伊娜倔強的想著。但當她的目光落在隔壁座位上的珞特時，心中還是不免感傷：一整個夏天都看不到珞特了。好朋友似乎也感受到了同樣的不捨，珞特對自己顯得過分興奮的反應，感到有點兒內疚。她伸手在座位底下抓住了伊娜的手，用力捏了捏，還沒來得及開口，老師就打斷了所有想要說的話：「現在把課本拿出來，我們今天要開始上第七課。」

相對於當初英格離開布蘭登堡時候的場面有多靜悄，多不為人所知，如今歡送珞特的場面就有多熱鬧，多盛大。珞特的父母在自家後花園裡，舉辦了盛大的歡送會，珞特把好朋友都請來了。大多數的女孩都是珞特小隊裡的成員，也就是說，她們都要一起去參加「兒童下鄉」的活動。那天真是個暖和的五月天，放滿點心的長桌擺設在後院的露台上，用泡錠沖泡的檸檬汽水，正滋滋的冒著氣泡；一盤盤灑著麵糖粉、罌粟子和塗著李子醬的蛋糕，洋洋灑灑擺在長桌上。天啊！他們哪裡來的那麼多雞蛋和人造奶油，可以做出那麼多的蛋糕啊？伊娜心中忖度著。這些日子以來，她已經訓練出像家庭主婦般精打細算的眼光，只要看到食物，就會先想到來處。不過珞特的爸爸是醫生，所以有不同於一般人的管道。現在很多病人都是直接「付」食物給醫生大人當酬勞了。

送別會的氣氛熱烈歡樂。女孩子們明天大清早就要出發的興奮心情，宛如脫韁野馬，完全無法控制。情緒如此高亢，只怕晚上沒人睡得著覺，乾脆明早全體直接坐上巴士，繼續以嘹亮的歌喉，唱著《女孩齊聲高唱》歌譜裡的歌曲，一路歡樂上路算了。

晚上六點左右，伊娜離開了珞特的「私人小島」。當她朝著大教堂的方向，慢慢往回家路上走時，不僅覺得身體疲累，心中還帶著一絲落寞。

現在，連第二個好朋友也走了！伊娜想。雖然只是半年，但一想到整個夏天見不著珞特，聽不到她用犀利的言詞為自己辯護，這半年就好像遙遙無期一樣。其實伊娜早就可以保護自己，但有這麼一個精力充沛、隨時為自己挺身迎戰的好友在身邊，感覺就是安心多了。還有，珞特不在了，要跟誰一起玩？少了珞特那些尖酸刻薄的批評，要如何度過那獨自採集藥草的無聊時光？

整個暑假果然就如伊娜的想像，單調、乏味、枯燥、無聊。只有晚上跟姆媽一起閱讀的時候，還可以稍微稱得上是調劑。為了不想再讓伊娜聽人民收音機播放的英雄故事，姆媽帶著她一起讀席勒[1]的敘事詩。伊娜很快就愛上了那富有旋律的語言，押韻的詩句不僅聲聲入耳，而且容易記憶。詩中的故事，有些還真的非常緊張刺激。比如說：有的是與考驗勇氣有關的，有的是與愛情、忠貞或背叛有關的。這些故事，都比孝子吳猛和他那嗡嗡作響的蚊子有趣太多了。就像《潛水者》（*Der Taucher*, 1797）中的年輕侍童，好不容易潛入漩渦中為國王取回了金杯，卻為了獲得公主的青睞，奮不顧身再度跳下萬丈深淵，結果喪失了寶貴生命。伊娜每次讀到這裡，都為那位潛水者感到不值。她更喜歡席勒的另一首敘事詩《手套》（*Der Handschuh*, 1797），尤其是當中對「兇惡的大貓」所做的描述。那些懶散的獅子、老虎和豹子，根本搞不清楚狀況，牠們其實應該要狠狠的互相撕咬、搏鬥，好取悅國王才對啊！

他（國王）輕搖手指，
巨大的獸柵隨即開啟，
邁著從容的步子
一隻獅子緩緩入場。
牠靜靜環視
四周。

1 席勒：Friedrich Schiller, 1759-1805。德國著名詩人、劇作家，與歌德、萊辛齊名，為德國狂飆時期代表人物。

哈欠連天，
髮鬃猛搖，
伸展四肢，就地躺下。

詩中的騎士，雖然成功的拾回貴婦丟入獸場中的手套，通過了勇氣的考驗，卻將拾回的手套，當場擲還給那位把別人性命當做兒戲的女士，拂袖揚長而去。對伊娜而言，有骨氣的騎士要比那位罔顧自己性命的潛水者，可愛太多了。自作自受啦，自以為是的女士！這樣對待別人是不行的，何況還是自己喜歡的人！

和姆媽共度的晚上，並不能取代和好友一起玩樂的時光。珞特雖然謹守寫信的諾言，甚至在往度假營的半路上，也就是從紐倫堡就給她寫了第一張卡片，但光是看別人寫她們的假期玩得多愉快，又有什麼意思呢？就連去海邊游泳，也因為少了可以一起嬉鬧的同伴，而變得無趣許多。伊娜報名參加了長距離游泳的訓練課程，她定時去上課，而且勤於練習，但沒有人在旁邊加油打氣，也沒有人在她參加鑑定考試的時候祝福；當她一次就通過考試——持續游泳半個鐘頭，並由三公尺高的跳板上跳下來——也沒有人替她鼓掌，和她一起慶祝。

意想不到，瑪爾塔竟然為她枯燥、無聊的暑假，帶來了唯一的高潮。前些日子瑪爾塔在一所幼稚園找到了工作，正式扮演起孩子的保姆。新工作十分忙碌，瑪爾塔難得有空來布蘭登堡看她們，所以邀請伊娜去柏林度周末。

剛開始時，姆媽堅決反對：「我怎麼可能讓妳一個人坐火車去柏林！」

伊娜反駁道，她還小的時候，就繞過了半個世界，現在都十三歲了，當然可以一個人坐火車到柏林去，只不過是一個鐘頭左右的車程罷了。但抗辯無效。

「如果半路遇到空襲警報怎麼辦？」姆媽堅持不鬆口。

最後，姆媽的一位朋友提供了解決辦法。這位太太要去看嫁到柏林的女兒，可以順便帶伊娜同行。這個提議多少化解了姆媽心中的疑慮。經過反覆思量，姆媽終於答應放行。於是約好了一個周末，伊娜便跟著庫亨羅特太太，一起踏上前往柏林火車站的旅程。

一切都進行得非常順利。她們沒有耽擱，也沒有延遲，準時到達了柏林的波茨坦車站。伊娜不由回想起，第一次抵達這座城市時的情景。當時她從熱那亞來，是在柏林的岸酣特車站下車，她一直覺得車站名取得很有意思，本來嘛！所有列車都應該在這兒「特」別靠「岸」，「酣」睡一下，再繼續旅程；當然，後來她在地理課學到，「岸酣特」（Anhalter）其實是德國中部的一個地名罷了。這次輪到瑪爾塔在月台等她，伊娜禮貌的和庫亨羅特太太道別，並約好了星期天晚上再一起回布蘭登堡去。

以前堂姊妹倆見面後，馬上會自動轉換成用中文交談，如今這模式已成為過去。對伊娜來說，德文才是她現在最熟悉、最能掌握的語言。就像她在寫日記的時候，用德文思考，也用德文和自己對話。

「瑪爾塔，妳還記得六年前，我們剛到這兒的情況嗎？和現在比起來，一切都變得多麼不同啊！我當時幾乎完全不懂德文，只會說幾句妳在船上教我的話，而且那時候我還很怕姆媽。妳還記得船上那些人嗎？還有我們參加一個孩子的慶生會，那一天……」

就是這句「妳還記得……嗎？」雖然這次用的是「外語」，但堂姊妹倆之間那種可以彼此分享記憶的感覺，立即溫馨湧現。可以和某個人一起回憶一段共同的經歷，那種感覺真好！

然後是柏林，柏林也和以前大不相同！當年伊娜剛從上海來，柏林在她眼中——至少是她所看到的那一小部分——是那麼安靜、整齊，根本無法跟上海相比。現在經過了六年布蘭登堡的小城生活，再度置身在這交通繁忙的柏林站前廣場，柏林對她來說，儼然就是大都會的代表，幾乎跟上海沒兩樣。

「我們先去我的住處把東西放下，然後想想看下午可以做點兒什麼。」

伊娜根本不用多想，脫口就說：「去動物園！」

「我以為，妳會想看看皇宮，還有威廉皇帝紀念教堂。當然，柏林還有很多很有意思的博物館。」

瑪爾塔真是塊當老師的料！伊娜心想。當然，她不想馬上搞壞氣氛，但動物園她一定要去的。自從看過一張柏林動物園入口的照片後，她就決定一定要去瞧瞧：一座巨型拱門，以大紅色和金黃色裝飾得美侖美奐，看起來就像一座中國大廟。門前坐著的兩隻石雕巨象，宛如在中國守護著古代帝王的陵墓。當然，伊娜最想看的，還有園內那些真的動物：好比席勒詩中令人「寒毛直豎」的獅子，還有那些調皮搗蛋的猴子。反正不管怎麼樣，她一定要去一趟就對了。只是現在就打亂堂姊的原定計畫，恐怕不夠聰明。所以，就先跟她去她的住處，把路上該看的東西先看了吧！

「現在要過的這條大馬路叫庫當街，」瑪爾塔解釋著，伊娜偷笑了起來。「慢點，慢點，不是像妳所想的『褲襠』街，是庫當街——Ku'damm，也就是大選侯街——Kurfürstendamm的縮寫，大選侯是以前可以選皇帝的大諸侯。好，現在再向左看，就會看到大街盡頭有一座高聳的鐘塔，那是鼎鼎有名的威廉皇帝紀念教堂的鐘塔。那座教堂是為了紀念德國第二帝國的第一位皇帝，也就是威廉一世而建造的。我們等一會就去參觀。」

瑪爾塔住在柏林「維莫茨多夫區」的僻靜巷子裡，是在一位老太太的家裡分租了一間房。柏林的一切都比布蘭登堡顯得大而華麗。她們爬上打過蠟的寬敞階梯，通過氣派的大門，經過體面的門廊，終於進入瑪爾塔的房間。伊娜往堂姊的床上一躺，接著說：「這兒跟在姆媽那兒有點像，只不過大多了。」

「那妳可就錯了！這兒跟在妳姆媽那裡一點也不像，穆倫東克太太不是寄養家庭的媽媽，只是房東，既小氣又吝嗇。這麼一個小小的房間，租金貴得要命，每次使用浴室，還要另外算錢。廚房根本就不准我用，因為她不能忍受廚房裡有『外國的異味』！其實，我頂多也只會偶爾弄個湯或泡個茶什麼的。」

「那妳都怎麼吃呢？」

「就用這個小電爐燒啊！不過基本上，我都在學校的學生餐廳吃，晚上就只吃麵包。現在反正即使有配給票，也很難買得到東西。妳們在布蘭登堡要比在這兒好多了，附近就有很多農村。妳根本不能想像，在大城市裡的生活有多困難，再加上那永無休止的空襲警報。」

伊娜試著去想像。「當空襲警報響的時候，妳怎麼辦呢？我們躲在地下室的時候，總是聽到那些轟炸機朝柏林方向飛去。」想著瑪爾塔只有一個人，什麼都要靠自己，伊娜好同情。

「在學校有個小防空洞，老師和孩子都可以躲在裡面。晚上我就必須躲在這棟房子的地下室。我最恨那種氣氛了，每個人都獨自坐著不講話。」

伊娜四下張望，問道：「妳也有一個打包好的箱子，所有重要東西都裝在裡面嗎？」

「當然，不過我只有一個小袋子，裡面只裝最重要的證明文件，我每天坐『快駛』列車去上班時，都一定隨身攜帶。很不幸，我的學校離城中心很遠。」

「『快食』列車？那真方便啊！妳就可以在車上吃早餐了。」

「是那樣就好了，妳這個小笨蛋！我說的是『快駛』列車（S-Bahn），不是什麼『快食』列車（Ess-Bahn），這種車和吃飯一點關係也沒有，是指連結城市與城市的一種快速交通工具。真是的，跟妳講話就知道是從布蘭登堡來的，妳已經變成十足的鄉下姑娘了。」

伊娜不動聲色，假裝沒聽見這句評語。精明的瑪爾塔馬上就知道，有個「鄉下」來的「姑娘」造訪，是多好的一件事。

「啊！對了，姆媽要我帶一罐肝腸來給妳。」伊娜一邊輕描淡寫的說，一邊在包包裡翻找著，然後又故意加上一句：「是從鄉下帶來的喔！」

「哎呀！太棒了！真是天上美味。我已經在傷腦筋，在這兒要怎麼樣才能讓妳吃飽呢！阿肥，去餐館吃飯不像以前那麼容易，那需要很多的配給票才行。」

星期天晚上伊娜拖著疲累的身子，滿腦子裝著對柏林的新印象，坐上了返家的火車，坐在庫亨羅特太太的身邊。她漸漸可以體會，自從堂哥翰理調到瑞士後，獨自在柏林生活的堂姊，有多麼寂寞！再說大堂哥羅伯特也早就搬去遙遠的波羅的海沿岸。

戰爭給現實生活帶來的艱困，在柏林的感受要比在布蘭登堡強烈得多。她看到街上行走的婦人，個個神情憔悴，衣衫襤褸，為了在燈火管制前趕回家，人人都加緊腳步，行色匆匆。街上幾乎看不到男人，他們全都到前線打仗去了。在柏林出遊的路上，伊娜還親眼看到許多被炸毀的房子，那些玻璃被震碎的窗戶，像一個個黝黑的洞穴一樣。原先住在裡面的人，如今都到哪裡去了？

伊娜後來覺得，那座巨大華麗的威廉皇帝紀念教堂，其實還是挺不錯的。至少那些大大小小的尖塔讓整座建築看起來，比較輕鬆有趣，不像布蘭登堡的大教堂那樣，肅穆沉重得讓人喘不過氣來。當然，動物園是去成了，園內的情況卻讓伊娜相當失望。許多籠子都是空的，當她看到一隻眼神哀悽的紅毛猩猩，神情萎頓的嚼著一根樹枝時，幾乎當場流下淚來。伊娜很能體會猩猩的心情，獨自關在牢籠裡，氣候如此寒冷，環境如此陌生，沒有嬉戲的同伴，也沒有足夠與合胃口的食物。戰爭並沒有特別厚待動物園裡的動物，當飛機來轟炸的時候，猴子們該躲到哪裡去！

十一月二十二、二十三和二十四日，一連三天，伊娜和姆媽都必須在地下室躲避空襲。每晚只聽見英國飛機轟隆轟隆的向柏林飛去。它們滿載著炸彈飛過布蘭登堡的上空，還好沒有投彈。過了一會兒，就聽見轟炸機隊又轟隆轟隆的飛回來，然後解除警報就響了。在聖裴堤路二號地下室躲警報的人都鬆了一口氣，但姆媽和伊娜卻交換了憂慮的眼神。自從伊娜去了一趟柏林之後，她現在常常惦念著瑪爾塔，也擔心她在柏林的安危。

回到房間，她們從陽台上看到東方的天際一片火紅。姆媽立刻打開了收音機：「英國皇家空軍對德國首府再次展開猛烈攻擊，柏林市內的軍事設施、發電廠、火車頭建造廠等，甚至住宅區，都遭到猛烈轟炸。估計損失十分慘重……」

「我很擔心瑪爾塔。」姆媽終於說出了兩人這些天來內心的憂慮。如果這次連住宅區也遭到了轟炸，而且報導中還特別說是損失慘重，那情況一定非常糟糕。「要是能和瑪爾塔的學校聯絡上，知道她是否平安就好了。」

但是她們沒有瑪爾塔學校的電話，而且線路也可能早就被炸毀了。

柏林大轟炸的三天後，瑪爾塔寄來了一封信。姆媽在走廊上就急忙開了信

柏林，一九四三年十一月二十六日

親愛的馮・史坦尼茨太太：

相信您一定知道，柏林遭到了慘重的空襲，整座城市幾乎全炸毀了。您絕不能想像柏林現在的樣子，很多火災現場到現在還沒撲滅，到處都是冒著黑煙

的房子、斷壁殘垣，和無家可歸的難民，連威廉皇帝紀念教堂的高塔也炸得只剩下了一小部分。我很幸運沒有受傷。這次轟炸我剛好躲在學校的防空洞裡，而學校又位在城市邊緣，所以逃過了一劫。但我住的房子完全被炸毀了，所以我暫時被安置在學校裡。學校現在已變成臨時急救醫院，收容許多傷患，我在學校正好幫得上忙。

翰理寫過好幾次信給我，要我到瑞士找他。現在我也決定這麼做了，因為經過這次大轟炸，學校不知道要關閉到何時。相較於柏林，伯恩至少是安全的，而且以我的專業，也許可以在那兒找到工作。現在只希望我還搭得上開往南方的火車。遺憾的是，從柏林到布蘭登堡的路已經完全封鎖，在南下之前，我恐怕無法再去探望妳們。現在我擔心的是，伊娜要怎麼辦？等我到了伯恩，就會馬上寫信給您，如果德國的情況過於危險，或許她也可以到瑞士來跟我們會合。請幫我跟她解釋，為什麼我沒有辦法再去看妳們，也請替我向我的小阿肥表達最深切的問候。感謝您為我和伊娜所做的一切。只要一切安頓好，我會立刻跟您聯絡。

致上最誠摯衷心的祝福

您的瑪爾塔　敬上

「感謝上帝，瑪爾塔沒有在轟炸中受傷。」姆媽必須先在廚房的一把椅子上坐下來。

「她都寫了些什麼？」

「她住的地方被炸毀了，所以暫時被安置在學校裡。但她會想辦法到瑞士去找翰理，我覺得這是個很明智的決定。」

「會去很久嗎？」

「我想是的。她會試著在那兒找一份教職。」

「在她走之前，我們還能見到她嗎？」

「恐怕不太可能了。柏林和布蘭登堡之間的鐵路已經中斷。若沒有必要，現在誰都不應該隨便上路。但瑪爾塔拜託我，要我衷心的替她向小阿肥問好。」

哪還有什麼「阿肥」呢？如果劉媽看到我現在的模樣，一定不會相信她的眼睛。她會馬上熱起爐灶，下廚做幾樣好吃的菜來給我補補，譬如燉一鍋烏骨雞，或是熬一鍋八寶粥之類的。伊娜這半年來竄高許多，上衣的袖子和裙子突然都變短，感謝戰爭讓物資缺乏，強迫飲食清淡，伊娜全身上下沒有半點贅肉。

就在這一瞬間，伊娜突然意識到剛剛獲知的消息，代表了什麼意義。她重重的嚥了一口口水。瑪爾塔也走了！她的嘴角不能控制的往下牽扯，雙膝顫抖，喉嚨不停縮緊，肩膀也禁不住的抖動了起來。她垂下雙眼，想藏住湧出的淚水。一隻手臂圍繞過她的肩頭。

「我了解妳的感受，伊娜。如果妳想哭，就哭出來吧！我也會很想念瑪爾塔，但她到翰理那裡去，絕對比待在柏林安全。而且她保證，到了瑞士馬上就會寫信給我們。瑪爾塔在這次大轟炸中，竟然毫髮無傷，我們應該要感到高興才對。柏林城裡死了好多人，整座城也幾乎全毀，甚至連威廉皇帝紀念教堂都被炸得只剩一半。」

「真的嗎？我跟瑪爾塔才剛剛去過那兒！」伊娜一邊抽咽，一邊忍不住的接口回答。突然間，感覺到戰爭離自己好近。一想到那座宏偉建築竟然只剩半截鐘塔，伊娜心中突然升起一股恐懼，這股恐懼遠遠超過這些日子以來，在地下室躲避空襲時所感受到的害怕。

姆媽察覺到那削瘦的肩膀又輕顫了一下，那是為了壓抑哭泣所做的掙扎。

「不管怎麼樣，至少在妳的記憶中，威廉皇帝紀念教堂是完好無缺的。那是屬於妳個人的紀念教堂，沒有人可以從妳的記憶中抹去！」姆媽安慰著伊娜。但接下來的靜默中，姆媽不禁憂心的自問：我們現在要拿伊娜怎麼辦呢？

我們拿伊娜怎麼辦

1944年｜布蘭登堡

姆媽不知道問了自己多少次：「我們現在要拿伊娜怎麼辦？」伊娜的父親幾乎兩年沒有消息。原本伊娜的生活費都會按時匯到姆媽一個美國銀行的戶頭裡，自從德國對美國宣戰以後，匯款就愈來愈困難。不過話又說回來，如果根本沒有東西可買，有錢又有什麼用！現在要什麼沒什麼，一向善於變通的姆媽，也漸漸覺得難為無米之炊。

伊娜溜冰時用的冰刀，是用扳手旋緊在雪靴底部的。最近她上拴的時候，不小心弄斷了一隻鞋跟。於是伊娜帶著靴子去修理，不料，修鞋師傅既沒有皮革也沒有橡膠可以修補，最後只能用一塊木頭湊合了事。伊娜覺得新鞋跟很炫，因為她現在走路鞋跟會「咯咯」作響，就像一位貴婦人似的。但姆媽始終很擔心，怕鞋跟隨時會出狀況。但如果因此就禁止伊娜溜冰，她又於心不忍，畢竟那是女孩子課餘之暇僅有的樂趣了。

戰時的生活雖然不容易，但對姆媽來說，確保伊娜的人身安全，才是她最大的責任。歐洲的戰況日趨緊張，英國和美國軍隊去年夏天登陸了西西里島，同盟國不可能再坐視德國軍隊一路往前推進。一旦盟軍攻破德國的戰線，戰場就會一步步轉向德國境內。無論如何一定得想辦法聯絡上伊娜的父親才行！姆媽知道，對未來的不安和不確定，同樣也困擾著伊娜。

有位鄰居太太的兒子被關在戰俘營裡，姆媽從她那兒得知國際紅十字會投遞「二十五字簡信」的事。這種寄信服務原本只為戰俘設置，但誰知道，說不定透過這個方式，就能聯絡上伊娜的父親，畢竟誰也不知道他目前在中國的狀況如何。伊娜一聽到姆媽告訴她這個消息，就興奮得不得了，她們設法取得了紅十字會特製的信件表格，在表格上，除了有一欄是寫給收件人的，也有一欄是讓收信人回覆用的。

「我們該寫什麼呢？」伊娜問，她拿著表格坐在客廳的大桌子前，進一步考慮著：「而且，用什麼語言寫呢？」

自從沒有了中文課，沒有了瑪爾塔的敦促教導，伊娜的中文學習完全停擺。她的中文程度早已無法完成一封短信。伊娜苦惱的咬著鉛筆桿，呆呆看著桌上那張姆媽給她的草稿紙。

「妳父親會什麼外語？」姆媽問。

「在銀行他都是說英語，另外法語他也會。」

「那好，伊娜，妳的法語學了四年，我們倆一起，應該可以寫出一封法文信來。」姆媽一邊建議，一邊把字典從書櫃裡拿出來。「不過讓我們先用德文來想，這封信到底該怎麼寫才好，二十五個字實在是不多。」

經過了這麼久，要如何才能將這麼多的經歷、這麼多的恐懼、這麼多的疑問，在這麼短的字數內一一道盡呢？

「不管怎麼樣，冠詞和不必要的助詞都可以省略，」姆媽提議。

伊娜開始斟酌下筆：「爸，好嗎？這都好。瑪和翰在伯恩。」嗯，聽起來雖然有點怪，但至少可以理解。

「我一定要問問妳父親，如果這裡戰況惡化了，我們要怎麼辦？」

「妳的意思是……？」

「我沒有什麼意思！」伊娜還沒有問完，就被姆媽硬生生打斷，這種情況從未發生過。

「我一個人沒辦法做這麼重大的決定。我希望妳父親多少知道一點這兒的情況才好。妳就寫：『戰況逼近何去？』好，現在有多少字了？」

伊娜數著：「噢，十八個字了！還有什麼重要的事要寫嗎？」其實，她多希望能告訴爸爸：她通過了長距離游泳的檢測。她讀女子中學了。她有兩個好朋友，一個叫英格，一個叫珞特，英格到上海去了，他可不可能打聽得到，英格現在怎麼樣了？到底在哪兒？但這些事在當下都顯得沒那麼重要，重要的應該是：我們什麼時候能再見面？在哪裡見面？但即使問了這樣的問題，爸爸又答得出來嗎？何況，得先祈禱信可以寄到他手上，才能奢望有一天能得到回音。

於是，伊娜接著寫：「劉媽呢？愛你的女兒上。」姆媽站在她身後，越過肩膀看到伊娜寫的內容，微笑著點點頭。

「好，現在我們來看看，用法文會寫成幾個字。必要的話，最後的問候和署名可以再縮短。」

兩人開始合力翻譯這封信。費了好一番功夫，最後終於以二十五個字搞定。伊娜把內容填好在指定欄位內，收件人的地址，就用爸爸最後一封重慶來信的地址吧。然後，伊娜以莊嚴肅穆的心情，一邊將表格照著規定的方式折疊、封口，一邊想像著這封信經過千山萬水，到了爸爸的手裡，爸爸也同樣照著指定的方式，把信拆封、打開。

終於，她們一起將信帶到紅十字會分站，姆媽向那兒的官員解釋了情況。負責人皺了皺眉頭，面有難色的說：「寄到中國？」姆媽還是堅持要他把信收下並且寄出。現在全世界都能辨識這種國際通用的表格信件，所以一定都會盡全力找到收件人。不過就算這封信最終抵達了目的地，想要得到回覆，又將是怎樣漫長的等待啊！

一九四四年的下半年，東線戰場崩潰了。姆媽的憂慮成了事實。顯而易見，一波波難民和運送傷患的車隊，不斷湧入布蘭登堡。車隊帶來了大量傷兵，百姓只能用娃娃車或背包，裝載著僅有的家當，倉皇逃避蘇聯紅軍。伊娜和同學都投入了協助安置難民的工作。

對伊娜來說，今年最好的聖誕禮物，就是珞特從「兒童下鄉」活動回來了。雖然比預期晚，但仍及時趕上「冬至節」。調皮搗蛋、逗人開心的好友重回身邊，伊娜心中的喜悅真是難以形容。在學校舉行的「人民耶誕節」聯歡會上，兩人肩並著肩，齊聲高唱納粹的經典聖誕歌曲《深夜群星閃亮》，好不過癮！

一年又近尾聲，留校的老師愈來愈少，再加上學生都得參加藥草採集，或被分派做其他的服務，學校的活動幾乎停擺。男孩如果年滿十七歲，志願從軍，則不必參加畢業會考就能結業，直接上戰場去報效國家。自從同盟國軍隊六月初登陸諾曼第之後，德國可用的「人力資源」全都動員起來對抗敵方的攻擊。女孩子都被派到火車站去協助安置難民。

這些難民都是連續幾天幾夜，被迫擠在超載的貨車廂內，長途跋涉而來。

他們被迫放棄了一切，失去了所有，到達布蘭登堡的時候，都又餓又渴，又髒又累。更慘不忍睹的是那些傷患：被血浸透的紗布，發臭化膿的傷口，和殘缺不全的四肢。

伊娜站在車站大廳的折疊桌後，她的工作是倒熱茶給抵達車站的難民喝。口渴的人那麼多，蜂擁而至的擠在四周，伊娜幾乎沒有空檔，可以稍微清洗用過的搪瓷杯子。她手臂上別著布章，代表她是工作人員。珞特和其他女同學也都別著正式臂章，協助難民將僅有的東西放到手推車上，然後帶他們到已改為「臨時收容中心」的學校體育館去。這些難民做好登記後，會分發到有空房的百姓家去住。布蘭登堡每戶人家，若有多的空房間，都必須向市政府報備，以便安置無家可歸的難民。

「有我真好耶！」趁檢查官員還沒來之前，伊娜對姆媽說。「其實我就是個躲避戰亂的難民，因為日本人的關係必須逃離家鄉。妳可以跟官員說，家裡已經收容難民了。」

「沒錯，有妳在身邊真的很好，但可不是因為每家都必須被分派難民來住。」後來事實證明，姆媽果真不用再騰地方給其他難民。

在火車站服務時看到的悲慘景象，讓伊娜不敢再妄稱自己也是難民，布蘭登堡對她來說，畢竟還算是個家。她原先還有些擔心，害怕又會聽見像上次冬令募款時，那個德國胖子對她的評論。這層顧慮顯然是多餘的。那些緊緊抱著全部家當，蹣跚爬下火車的人，個個筋疲力盡，愁苦不堪，以至於根本沒有人注意，眼前這個黑髮黑眼，親切和善，遞給他們一杯熱茶的小女孩，生得是怎樣的一雙眼睛；日本和德國是不是同盟，根本就不重要了；「軸心三國」現在到底怎麼樣了，也跟他們沒有關係。眼前唯一重要的是：有沒有地方可以棲身？有沒有東西可以填飽肚子？

不管怎麼樣，在車站站著服務還是比在教室坐著受凍來得好。至少協助難民是有意義的工作，而且還可以不時用熱茶壺暖暖手。自從入冬以來，教室裡就冷得讓人受不了，女孩都得穿著大衣，戴著毛帽和手套上課。不需要寫字的時候，伊娜就把雙手伸進那磨損得差不多的手籠內取暖。班上同學必須輪流帶燃料到學校，餵給教室角落裡的鐵皮爐吃。但這年頭如何能取得燃料？煤炭是戰爭的重要物資，必須保留給火車及暖氣供應廠，尋常百姓早就買不到煤炭了。現在只剩到樹林去撿木材一途，但因為大家都這麼做，所以樹林裡早就找不到一片木屑，乾淨得就像德國的客廳一樣。

珞特和伊娜常常會一起去撿煤炭。她們把布包斜背在胸前，然後在布蘭登堡四周的鐵道上來回穿梭，期待著火車頭裡的司爐人員，在把煤鏟進火爐的時候，也許會不經意落下一兩塊煤炭來，或者也可能故意丟幾塊給她們。伊娜這一方面特別行，只要她面帶微笑，親切的對著迎面駛來的火車司機招手，幾塊黑磚便會在巴望中向她們飛來。最後她們倆再高高興興的平分所得。

「妳啊！真是我們的『中國頭號偷炭高手』！」當珞特發現她們的收穫竟然又如此豐碩時，不禁讚許的給了伊娜一個封號。

「為什麼是『偷』炭？我們哪裡有偷什麼東西？我們只是『撿』別人留下來的煤渣罷了！」伊娜的德文已經好到誰也別想在用詞上唬弄她。

「好好好，是『撿』炭不是『偷』炭，妳要怎麼說都行！」珞特講完，挽起伊娜的手，兩人一邊吟唱著新做的短詩，一邊邁開大步往回家路上走去。

每次她們去鐵路旁邊幹活兒，姆媽都擔心得要命。但燃料如此缺乏，伊娜又必須按時繳納「口糧」給教室的小圓鐵爐，所以也只好由她去。可是當姆媽下鄉去做「土撥鼠囤貨」的時候，就從來不肯帶她去了。伊娜覺得這又是個有趣的用詞，每次她都在腦海中想像著，一隻滑稽逗趣的土撥鼠，鼓著雙頰，把牠能找到的食物，全都塞在嘴巴裡。

「我不能讓妳幹這個活兒。維持我們生活所需，畢竟是我的責任。」姆媽說完，就騎著腳踏車，帶著購物袋，到鄰近村子裡像「土撥鼠」一樣的去「囤貨」。農村盛行以物易物的買賣方式，現在沒有人對錢感興趣了。農夫們都很清楚，在這樣的戰亂時期，他們手裡擁有的，不只是可以「吃」下去的食物，而是讓人「活」下去的東西，所以他們的要求也相對提高許多。為了換到一塊豬皮、一些牛油和雞蛋，姆媽已經和不少珠寶首飾說再見了。

空襲警報開始在白天響起，有時候甚至一天好幾次。因為「空襲停課」感到高興的日子，早已過去，孩子現在盼望的是：如果還能像以前一樣，在溫暖的教室裡安安靜靜的上課，午餐的麵包塗著厚厚的果醬，老師不用到前線去打仗，那該有多好！所以當學校宣布，今年會提早放聖誕假，而明年何時開學還不能確定時，原本該有的歡呼聲也只能哽在喉嚨裡，無從喊出。學校稱這個假期叫「煤炭假期」。[1]

「還什麼『煤炭』假期咧！」伊娜不以為然的表示。「根本就是『沒炭』假期嘛！」

一月中旬，為了收容從東線戰場撤回的受傷士兵，學校已被改成了臨時軍用醫院，女學生得到通知，今後每天有兩個小時，必須到薩德力亞男子高中上課。不管怎麼樣，要到男校去上課，聽起來多少都有點兒刺激。「慢點兒，先別高興得太早，」珞特馬上就冷靜的分析，「雖然到男校上課聽起來不錯，但那些我們原本會感興趣的大男生，現在不是在高射砲部隊就是在前線打仗；而且他們學校也跟我們這兒一樣，沒有暖氣！」

「所以，咱們就留在這兒繼續受凍，持續受教吧！」伊娜做了結論。

1 從一九四一到一九四三年的冬天，德國學校為了節省燃煤，每每關閉學校長達數周甚至數月之久。

別離

1945年｜布蘭登堡

「姆媽，妳覺得我們會收到爸爸的回信嗎？」一天晚上伊娜提出了這個問題。把信交給紅十字會，已過了半年。伊娜當然知道，姆媽也不會有答案，但她心中的不安和焦慮，需要宣洩的出口。她們剛剛才一起讀了一篇中國戰況的報導。日本人在中國發動所謂的「一號作戰」，不斷向內陸進攻，直逼重慶，迫使蔣介石的國民政府和美國盟軍，一路向西撤退。此外，還有一個新因素導致中國動亂不安：那就是毛澤東領導的共產黨，獲得愈來愈多民眾的支持，勢力也愈來愈龐大。起初毛澤東和蔣介石還進行國共合作，一致對外抗日，現在卻隨時都有爆發內戰的可能。

「妳父親那邊的情況到底怎麼樣，真的很難說，」姆媽盡可能誠實的回答伊娜。「他最後一封信是來自重慶，但因為日本人一路向西逼進，也有可能他早就不在那兒了。我實在沒有把握，我們的信是否能輾轉到達他手上。但我相信妳父親，只要有任何可能，一定會想辦法跟我們聯絡。」

期待中的消息終於來了，卻是從意料之外的地方傳來的。翰理從瑞士捎來一封信，透過柏林代表處寄到布蘭登堡，信是這樣寫的：

親愛的馮．史坦尼茨太太：

我們是從中國駐伯恩代表處得到了叔叔，也就是伊娜父親的消息。他目前人還在重慶，而且一切安好。不過他非常擔心德國的戰況，他表示如果情況允許，他希望伊娜也能到中立國瑞士來。我和瑪爾塔仔細商量過了，決定先把伊娜接來伯恩，再想辦法讓她在瑞士完成學業。

現在的問題是，如何才能讓她到伯恩來？在這個戰亂的時候，讓一個孩子單獨上路，實在太危險。所以，如果您也同意讓伊娜到瑞士來，我就會和我們駐柏林代表處聯絡，請他們提供協助。那裡的官員有時候必須到南部出差，也許剛好可以帶伊娜一起南下。請盡快告訴我您的決定，以便我們做進一步的安排。

我叔叔誠摯問候您和伊娜，並衷心感謝您對伊娜的照顧。瑪爾塔和我也向您致上最誠摯的祝福。

翰理　敬上

「伊娜！妳父親人還在重慶，而且一切平安，他問候妳好呢！」

「天啊！親愛的上帝，我真是太高興了！」伊娜脫口而出，叫完才發現，因為自己心中的大石頭終於落地，一時興奮過度，就連姆媽的天父都被她驚擾了。

「但怎麼會這樣？爸爸到底有沒有收到我們的信？他為什麼不直接回信給我們呢？」

「這我就不知道了，翰理信中沒有提。但妳父親顯然對德國的情況相當了解，他很清楚，隨著同盟國軍隊不斷向前逼進，寄到德國的信會愈來愈難收到。他一定是透過了什麼管道，知道翰理目前在瑞士，所以他才向伯恩的大使館求助，於是翰理就透過駐柏林代表處寫信給我們。」

「他有提到劉媽的情況嗎？」

「沒有，翰理沒有提到劉媽的事，但他轉達了妳父親的另一個建議。」姆媽說到這兒，嚥了一口口水，伊娜馬上豎起耳朵。姆媽的感情向來內斂，平日甚少表露自己的情緒，但那並不表示她沒有情緒。伊娜這些年來已經很會察言觀色，她知道姆媽任何細微的動作都有意義。伊娜感覺後頸肌肉，開始繃緊。

「妳父親希望妳去瑞士，到瑪爾塔和翰理那兒去。」現在連伊娜也必須嚥口水了。「我覺得這建議很明智。」姆媽勇敢的繼續往下說：「從收音機中我知道，德國西南部已經被同盟國的軍隊占領，而東線戰敗的德軍正在大批撤退，實際的情況妳在火車站協助難民的時候，都親眼看見了，要想離開德國會愈來愈困難。再說，學校課程幾乎停擺，這兒又持續不斷的受到轟炸，十分危險。我雖然非常希望妳能繼續留在身邊，卻完全沒把握能保障妳的安全。瑞士是中立國，那裡沒有戰爭，一切比德國好得多。在那裡，妳可以順利完成學業，何況還有親戚照料妳的生活。」

姆媽說得氣急敗壞，卻又斬釘截鐵，好像她必須用這些理由說服自己似的。

伊娜面對這晴天霹靂，一時根本無法反應。她的心情就像在坐迴旋溜滑梯一樣，一會兒上，一會兒下：爸爸還活著！而且一切安好！但，要離開姆媽？離開布蘭登堡？離開心愛的家和親愛的朋友？她心中很清楚，爸爸的提議再明智不過，她勢必得再一次面對分離，再一次學習道別。理智和感情永遠都要這麼交戰嗎？……伊娜不願再想下去。

之後，姆媽和伊娜各自用不同方式，來面對這像當頭炸彈般的消息，這消息攪亂了她們原本平靜的生活。這顆炸彈垂直落下，躲在任何防空洞也沒法避開。最後姆媽使出一貫對策：盡量讓自己忙碌。

「我今天就寫信告訴翰理，我們會為妳的瑞士之行做好準備。如果同盟國軍隊向前推進的速度一直那麼快，時間可是一天都不容耽擱。再說，我們根本不知道，大使館什麼時候會有人南下出差，必須把握時機。」

伊娜一句話也沒說。當她從客廳的桌子前面站起來時，發現自己的雙膝發軟。「我回房間一下。」是她唯一能說出的一句話。

姆媽知道伊娜需要一點時間面對。「我們半個鐘頭後吃晚飯，今天喝小麥羹。我到時候叫妳。」

欸！又是劉媽的老套。但這一次，小麥羹撫慰得了小女孩憂傷的心嗎？「道別而不心痛」是可以學習的嗎？如果可以，伊娜想，這一科我應該早就拿到滿分，還要再加一顆星。但是到目前為止，她練習了那麼多次，而每次的經驗都告訴她，這門功課做再多的練習也沒用。每一次和心愛的人離別，每一次都還是會心痛。她坐在床沿上，靜靜的環視著房內的一切，就好像第一次觀察房間一樣：五斗櫃、搪瓷臉盆、水瓶、垂著白色窗簾的窗戶，當然還有窗戶外邊的大教堂。

從伊娜第一天睡在這張床上，直到現在，房間改變了許多。書架上的書已經多得擺不下，靠床的牆上貼滿了美術印刷品和藝術明信片；椅子上有個裝飾用的小靠墊，是她在家政課上，一邊鉤一邊唉聲嘆氣，費盡千辛萬苦完成的作品；洋娃娃穿著姆媽縫製的衣服，靜靜的坐在房間一角，當中也包括了她從英格那兒收養過來的。現在她們又要再一次失去親愛的媽媽了！整個房間充滿七年半來的點點滴滴，而現在竟然又要全部裝進一個箱子裡去，帶到另一個陌生國度。一個箱子到底能裝得了多少東西？至少真正重要的東西都裝不下，這包括了：心愛的人、熟悉的語言、家的感覺……。流淚哭泣，伊娜早就會了，有時候雖然有點幫助，卻改變不了事實。

當姆媽從廚房叫她吃飯的時候，伊娜一如往常，把餐具擺好在餐桌上。

又一個收拾好的箱子等在那裡。但這一次不是拎到地下室。從柏林發的電報，任何一天都可能到，伊娜現在可是隨時待命，隨時準備動身。戰時很多東西都買不到，布料也一樣。偏偏伊娜這陣子長高一大截，衣服穿起來都像縮了水一樣。於是霍夫曼太太又來了家裡一次，把姆媽一件深藍色舊裙子修改給伊娜，還把一件馮．史坦尼茨先生的灰色西裝上衣，改成伊娜的外套，外套裡的白襯衫則是從姆媽嫁妝中的高級床單脫胎換骨而來。伊娜的身材瘦高纖細，長得幾乎和姆媽一般高，濃密的黑髮垂至肩膀，雖然伊娜剛滿十五歲，但穿上灰色外套，搭配白襯衫和深藍色窄裙，看起來已是個十足的大女孩。

復活節快到了，就在學校放假的前一天，伊娜正式拿到十年級的結業證書。老師和同學互道珍重，相約假期後再見。

「啊！對了，我跟妳借的那本少女小說還沒還呢！」一位同學對伊娜說。

「沒關係，等放完假再還也不遲。」伊娜隨口回答，卻突然意識到，放完假後她就不會在這裡了。在一片吵雜紛亂中，她完全忘記，對於那些放完假還會回來上課的同學，今天只是學期的最後一天，但對她來說，卻是真正的最後一天，最後的道別。不過她並沒有更正回答，那本書反正帶不走。

伊娜現在最喜歡的老師是辜莫勒小姐，前些日子高賜先生被徵召入伍，所以她來代替他擔任學校的生物老師。辜莫勒小姐在她的紀念冊上留了言，是赫曼・赫塞[1]的《階段》（*Stufen*, 1941）那首詩。其中有兩句話伊娜深深記在腦海中：

每段開始都藏著它的神奇魅力，
保護並且幫助我們的旅程繼續。

是的，至少這是伊娜可以帶走的。而且這些慰藉的話語，不會占去箱子任何空間。

復活節假期愈來愈近，她們每天都擔心著是否會接到電報。伊娜是外國人，她需要出境許可才能離開德國，至於瑞士的簽證，翰理會為她準備好，到時候他們在邊界碰面，再一起入境瑞士。

簽發出境許可的外事處，只有在一般工作天才工作。她們之所以一直等著沒有去辦，因為這樣的出境許可有效期限只有三天。但是現在碰到了復活節這樣的長假，等待的風險太高。萬一長假中收到電報，卻沒有許可證，那就糟糕。於是她們在復活節前的星期四，動身前往市政府外事處。

外事處的官員是一位友善的先生，姆媽和他同屬一個教會。當姆媽向他解釋完之後，他特別把出具許可證的日期延後了兩天，星期四變成了星期六。他一邊把伊娜的照片黏好在表格上，並將所有證件連蓋了好幾次章戳，一邊還不忘開玩笑的對姆媽說：「當瑞士人發現，星期六復活節的前一天，講究效率的

1 赫曼·赫塞：Hermann Hesse, 1877-1962。德國著名詩人、小說家，一九四六年獲諾貝爾文學獎。重要作品有《鄉愁》、《車輪下》、《流浪者之歌》、《荒野之狼》等。

普魯士人竟然還在工作，想必也不會太驚訝吧！」然後，他將東西交給伊娜。現在白紙黑字寫明她必須在三天之內離開德意志國。進入瑞士的入境許可，只有在柏林才能簽發，從代表處來的先生會幫她辦好這件事兒。

在回家路上，伊娜沉默的走在姆媽身邊。突然間，她看周遭環境的眼光和以往完全不同了。以前那些根本不會多看一眼的尋常景象，現在恨不得都能深深記在腦海中，為那不可知的未來儲存足夠回憶。走出市政府大門，她們置身在新城的市場上，雄偉華麗的大選侯府遙遙在望，原本一直在那守護的武士羅瀾，為了躲避轟炸，已遷至他處。伊娜永遠忘不了，她就是在羅瀾面前，被一個德國胖男人誤認為是日本人。如今武士在哪裡找到了避難所？她們沿著磨坊路走，經過巨大的水位標示尺和昔日漁夫販賣現捕鮮魚的小貨攤。然後她們轉彎向大教堂走去，隔壁鄰居的招牌「喬治．華將，巧之花匠」隨即映入眼簾。伊娜還清楚記得，她花了多久，才能真正體會招牌上那些名字和職業巧妙結合的樂趣。這些年下來，布蘭登堡已經像伊娜的家一樣，同樣的，德語也成了她的母語，她可以充分了解這個語言，分辨箇中奧妙，甚至玩弄其中的細微之處。細想起來，這也是伊娜唯一掌握得了的語言。她的中文早已不知躲到記憶中的哪個角落去了。對伊娜而言，中文是兒時的語言，它還停留在吳猛故事那個階段，這和席勒的敘事詩是無法相比的。在她搬去和瑪爾塔及翰理一起住後，情況也許還會改變，但伊娜已經沒有興趣再當一次牙牙學語的幼童，讓堂姊毫無顧忌的發揮當老師的欲望。

不要吧！先不要想以後的事吧！和姆媽、和好朋友相聚的時間太寶貴了，不可以浪費在想未來的事情上。跟在姆媽身後，她慢慢地爬上嘎吱嘎吱響的階梯，在每段樓梯轉角，她強忍著、僅僅象徵性的順著欄柱滑盪一小圈，用力嗅著樓梯間裡淡淡的、混合著地板蠟和大麥咖啡的氣味。希望這幾天不要有電報，現在她要先好好的過復活節。而明天，明天是受難日，當姆媽去教堂的時候，珞特答應會過來看她。

果然，十點整，珞特背著她的「蜘蛛猴包」站在門口，看起來就好像要跟小隊去長途健行似的。

「早安，伊娜！」當她看到伊娜驚訝的眼神，便接著解釋：「我知道妳只能帶很少的行李走，所以我想妳可能用得上我的背包，妳不是一直覺得它很棒！不用擔心，如果有人問我背包到哪兒去了，我就說忘在電車上或什麼的，反正總會想出個理由。」她一邊說，一邊就把那個皮製肩帶的橄欖綠帆布背包遞給伊娜。

伊娜接過背包，馬上背了起來。姆媽原本建議她把學校的書包隨身帶著，但那個書包相當破舊，根本不能跟這個背包比。而且，誰知道呢，背著那個德國書包，會不會在路上引起不必要的不愉快？相較之下，這個背包要好得太多了。

「我的天啊！珞特！」激動、感謝、加上離別的傷感，伊娜一句話也說不出來，她只能抱住了好友。

「我也有東西給妳。」她們走進了伊娜的房間。伊娜已經把書、學校用品和從前收集的藝術明信片都整理好了。

「謝謝妳，伊娜！」珞特看過所有的東西後說。「要不是即將和妳分離，這些東西真的會讓我高興死了。這個可惡的戰爭為什麼就不能讓我們安安靜靜的過日子！我真是受夠了這種一天到晚躲警報、縮衣節食、窮不拉嘰的日子。現在更好了，竟然還要把人家最好的朋友也帶走！」珞特就是珞特，雖然熱中希特勒少女團，但仍保有人性中最真誠的一面，而且總是有勇氣大聲說出來。

「但如果地球的那一端沒有發生戰爭，我可能根本就不會到這裡來。」伊娜若有所思的說。

珞特可不是那種花腦筋去想複雜問題的人，她很實際。

「幸好瑞士離這兒不太遠，而且聽說那兒的巧克力堆積如山呢！妳這個幸運的傢伙！無論德國的情況如何發展，我們都一定要寫信給對方，互相探望，妳一到了那邊，就要馬上告訴我妳的地址，知道嗎？」

於是兩人又像平常一樣，在伊娜床上坐了一會，天南地北聊了一陣子，好像她們明天還會再見面似的。珞特終究必須走了，她得回去幫弟弟妹妹熱飯。珞特的爸爸今天負責急診，媽媽也得在診所幫忙。戰爭時期，醫生要做的事很多，不能只看自己那一科而已。兩人心裡都明白，現在必須道別了，而且要速戰速決。

「再見了，珞特！」

「再見了，伊娜，多保重！也許我們還會再見。」

伊娜聽著好友咚咚咚的下了樓，隨後是大門關上的聲音。

未知的旅程

1945年4月

不管怎麼說，畢竟是復活節。星期六中午，姆媽和伊娜坐在廚房裡一起畫著復活蛋。先知先覺的姆媽，好幾個星期前就開始保存「碩果僅得」的幾個雞蛋，她小心翼翼將蛋殼敲破一個小洞，倒出蛋汁，再將蛋殼清洗乾淨，保留起來。伊娜將水彩盒攤在面前，她試著在蛋殼上畫棵竹子，好創作一顆「中國蛋」。在傳統中國水墨畫中，竹子看起來最簡單，好像只要幾筆就能完成一片竹林。但真的畫起來可沒那麼容易，而且那些蛋超乎想像的圓滑，真是太可惡了。伊娜全神貫注畫著蛋，以至於警報響起的時候，一時之間沒能會意過來，到底發生了什麼事，難道飛機又來轟炸了！

伊娜的箱子本來就收拾好了，姆媽一把抓過她的避難包，她們快步跑進地下室去。左右鄰舍都正在為明天的復活節做準備，大夥兒丟下手中幹了一半的活兒，都有點兒姍姍來遲，曼克先生已經在抱怨不休了。當他剛剛才把地下室的門關好，飛機引擎的聲音就已經轟隆轟隆的傳入耳中。伊娜今天沒有拿出少女小說來看，只是坐在硬板凳上，緊緊靠著身邊的姆媽。沒有人出聲，也沒有人說話。時間過得極其緩慢，就像附在暖氣管壁外的濕氣，逐漸凝聚成水滴那樣，一分一秒，異常難熬。突然，一聲轟天巨響，地下室被震得四壁搖晃，灰石、粉末不斷的從屋頂上掉落。大家出於本能，立刻從座位上往地下撲，同時緊緊的趴在一起。伊娜必須一直吞著口水，因為爆炸震得她幾乎耳聾。姆媽用手臂緊緊抱住她，護著她。伊娜雖然害怕，卻極享受這難得的片刻親近。若在平時，絕不可能有機會與姆媽如此親近。有人開始大聲祈禱，大家都像著魔似的，一動也不動的趴在地上，好像只要保持這樣的姿勢，就可以避開一切災禍。地下室煙灰彌漫，陣陣刺痛爬上了喉頭，眼睛灼熱得就像要炸掉似的。彷彿過了一世紀那麼久，解除警報終於響了。鄰居緩慢的一個接著一個爬了起來，驚魂甫定的離開了狹小、令人窒息、卻保全了大夥兒性命的避難室。只要還活著，真要感謝老天。只是不知道外面的世界，變成什麼樣子了？

他們一路摸索著從地下室慢慢的往上爬，階梯上灑滿石灰、泥塊和玻璃碎片。樓梯間的空氣更糟糕，煙霧彌漫的情況比地下室還嚴重，大家必須用沾濕的手帕摀住口鼻，緊抓著扶手欄杆才能繼續往上爬。終於爬到了一樓的平面，所有人小心翼翼的環視著四周。同樣的，這兒也是滿地碎玻璃，和被震落的石灰、泥塊，幸好通往二樓的樓梯還在，大夥兒繼續往上爬。二樓高瑟太太的大門被震落在一旁，樓梯間的玻璃窗全震得粉碎，姆媽和伊娜努力地向三樓邁進。還好大門沒壞，姆媽順利的把門打開。屋內到處布滿玻璃碎片、石灰粉末和水泥碎塊，客廳裡懸掛的大吊燈成了地上的一堆碎片。但除此之外，一切尚稱完好，至少沒有起火，也沒有瓦斯外洩現象。直到她們透過一扇震破的玻璃窗，看到外面的景象時，才真正意識到這次轟炸對教堂島的破壞有多嚴重。她們倆何其幸運，竟然完全沒有受傷。前排鄰居花匠喬治的房子嚴重炸毀，門前馬路裂開一條又深又寬的大縫。對街一棟樓房裡的居民，正想辦法用打火拍滅火。隔壁樓的地下室，不斷有人被抬出來。姆媽把伊娜從窗邊拉開。稍晚她們聽到了消息，躲在那棟防空避難室的十四個人，全在轟炸中罹難了……。

當伊娜腦中還一片空白，不知所措的站在原地，姆媽已經一把抓過掃把和畚箕。她說：

「伊娜，我們得先把這兒打掃乾淨才行。等會兒好讓無家可歸的鄰居來住，妳最好搬到我的臥室來睡吧。」

這時伊娜從震驚中回過神來，收拾一下她那極為輕簡的家當，迅速搬到姆媽的房間。沒有水、沒有瓦斯、也沒有電，清掃整理起來格外困難，連想煮杯熱茶都辦不到。但所有鄰居同舟共濟：有人從街上的消防栓取水回來，二樓的高瑟太太馬上就點起了她的小圓鐵爐，讓每層樓的鄰居都可帶著水壺，輪流來爐上燒水。戰爭期間，每戶人家都備有蠟燭和浸了油的瓦楞紙所做的燈，用來照明。為了禦寒，讓房間內能保持溫暖，震破的玻璃窗不是用布遮蓋，就是用木板釘起來。沒想到傍晚時候珞特來了。她吃力的抬來了一口大鍋，鍋身還熱著呢！

「我們那兒沒事，但我們看到教堂島被炸了個正著。所以我媽特別多煮了一些馬鈴薯要我送過來以備萬一。我爸一直在各處照料傷患，我答應我媽要馬上回家去。」

「太謝謝妳們了，珞特，謝謝妳們還能想到我們。」姆媽一邊說一邊伸手接過大鍋。「我現在就把馬鈴薯盛出來，這樣妳馬上可以把鍋子帶回去了。」

姆媽把鍋子裡的馬鈴薯倒到大碗裡，並用布蓋好，以便保溫。在這片刻，伊娜和珞特一反常態，有點兒尷尬的站在一旁，沉默著沒有說話。才經歷過心痛的道別，卻再度相見，一切都變得好不真實——至少伊娜這麼覺得。

還好姆媽打破了僵局，她對珞特說：「請轉告妳母親，我們真是非常感激這頓美味的晚餐。妳們準備了這麼多，我們甚至可以跟好幾位鄰居分享，否則我還真不知道要如何才能餵飽這麼多張嘴呢！」

「對了，復活節快樂！」珞特一邊說一邊準備要走。這會兒她已經恢復常態，「好了，別愁眉苦臉的。」她用手肘撞了撞好友，以示鼓勵，並小聲對她說：「想想雙胞胎的故事吧！」

不需要再多說什麼，回想起電車上的那段往事，伊娜不由自主揚起了嘴角。哎呀！我的好珞特！伊娜揮揮手向她道別。因為地上全是玻璃碎片，珞特下樓時比昨天謹慎多了。

稍晚，姆媽、伊娜，還有借住在伊娜房間的鄰居，在微弱的燭光下圍坐在客廳的大圓桌旁。大夥兒經過轟炸的驚嚇和一整天的清理，餓得開懷大吃起來，伊娜覺得灑了鹽的馬鈴薯，今天吃起來特別美味可口。

第二天早晨，伊娜從姆媽旁邊的床上醒來，房裡很冷。早春的寒意不時從破窗戶透進來。今天是星期日，又是復活節，還是四月一日愚人節，但伊娜沒有心情開玩笑。

「這和我們預期中的復活節不太一樣，對嗎？」姆媽這時候也醒來了。

「星期天也會送電報嗎？」伊娜一開口就先問了這個問題，她甚至還沒祝姆媽復活節快樂呢！

「在平常是會的。可是我擔心，這次轟炸這麼嚴重，恐怕有些電報的內容會被弄亂了。」

但兩人還是一整天豎起耳朵，注意聽著是否有人按門鈴或敲門。此時此刻，伊娜覺得自己好像脫離了時間的軌道，她不是真正處於現在，卻也還沒有真正離開。任何她看在眼裡或拿在手上的東西，包括例行的日常家務，突然間都帶著些苦澀味道，一種「最後一次」的苦澀味道。原本微不足道，毫無意義的小事，此刻她都極為認真的對待。幸好還有一些急需清理的善後工作要做，轉移注意力。她不斷告訴自己，那些在轟炸中失去所有的人，他們的不幸要比自己即將面臨的離別沉重太多了。但是這種「成熟懂事」的想法，卻絲毫不能減少她內心最深處的傷痛。

星期一的大清早，該來的終於來了。只聽見有人咚咚咚的跑上樓來，急切的用力敲著門：「有您的電報！」

姆媽接過電報，伊娜馬上擠到她身邊。電報是星期六發出的，寫著：

致伊娜．陳小姐：四月二日星期一準備赴瑞士。

大使館郭秘書

「伊娜，我們必須馬上搭下一班火車到柏林去。電報是星期六發的，想是因為轟炸的關係耽擱了。希望這位郭先生會等妳。」

接下來就是一連串迅雷不及掩耳的行動，沒有一分鐘喘息的機會。但伊娜反而鬆了口氣，漫長的等待終於畫上句點。把最後一些東西放進早已打包好的箱子，穿上夾克，套上大衣，再將一瓶水和幾片麵包塞進背包中，兩人便向火車站出發。這一次和七年前恰恰相反，箱子由伊娜拎著，姆媽則把皮包夾在腋下，並將伊娜的背包側背在肩上。平時像馮．史坦尼茨太太這樣的女士，絕不可能背著希特勒少女團的背包走在布蘭登堡街頭的，但現在可不是「平時」，現在是緊急的「戰時」。

自從布蘭登堡遭到轟炸以後，這是她們第一次離開居住的教堂島。現在她們可以看到其他地區受害的情況，很多房子都被炸壞，有的甚至全毀。

「真希望妳沒有看到這些景象，伊娜。」當她們沿著磨坊路向城中方向走的時候，姆媽禁不住低聲咕噥了起來。

火車站裡一片混亂。月台上擠滿要去投靠親戚的布蘭登堡居民，他們都在一夕之間失去了所有。火車時刻表早就沒有用了，何時會有火車來，是否會繼續往下開，完全無法知道。月台上充斥著傳言和臆測。但是她們的運氣很好，等了一小時之後，擴音機傳出，一班開往柏林的列車即將抵達。當火車終於到站停靠，她們趕緊手牽著手，一起向最近的一扇車門擠去。

伊娜驚訝的發現，姆媽平時的教養突然間都放到一邊，她一「婦」當關的搶先登上車廂，回身將伊娜連同箱子拉上了火車。她們站在擠滿乘客的走道上，箱子緊緊的夾在姆媽腳下。過了一會，火車真的開動了，現在只能默默祈禱，希望路上不要碰到空襲警報，鐵軌沒有被炸壞，車上的煤炭還足夠開到柏林。她們果然福星高照，一路上沒有太多耽擱，順利抵達了柏林波茨坦車站。在車站前，姆媽再度展現平時難得一見的「強悍」，搶到了一輛鑲著黑白格子邊的計程車，一路向中國代表處疾駛而去。

當司機先生把行李放進後車廂時，伊娜想到「Kofferraum——行李廂」這個字，那是她最早學會的德文字之一，她頓時感到一陣心痛。

到達了當時已經不是大使館的中國駐德代表處以後[1]，發現代表處的人已經等候多時了。姆媽趕緊解釋，因為布蘭登堡遭到轟炸，所以電報今天早上才到。一個矮矮胖胖，頭髮微禿的先生朝伊娜走來，他一邊伸出手一邊說：

1 因為德意志國於一九四一年七月一日承認了由日本所扶持的汪精衛南京政府，中華民國政府遂於七月二日宣布與德斷交。

「歡迎，歡迎，敝姓郭。」郭先生用中文迎接她們。

「對不起！」伊娜只能說這麼一句中文，就趕快改用德文。「對不起，我不會說中文。」

「沒關係，」郭先生馬上就改用德文：「歡迎，歡迎，我就是郭秘書。陳小姐，我們要一起到瑞士邊境去，而且最好馬上就去火車站。時間緊迫，同盟國軍隊正從西南邊迅速朝這個方向推進，我們得想辦法讓妳從布雷根茨（Bregenz）過邊境，而且愈快愈好。妳堂哥已經知道情況，他會帶著妳的瑞士簽證在那兒等我們。」

伊娜習慣性的轉身想要尋求姆媽協助，但郭先生用中文打的那句招呼有如當頭棒喝，讓她瞬間明白自己就要離開第二故鄉，今後她只能靠自己，再也沒有誰可以保護她了。

再度坐上計程車，伊娜窩在後座，緊緊挽著姆媽的手臂。她們必須前往岸酣特車站，那兒才有開往南方的火車。岸酣特車站裡的景象就和在布蘭登堡時一樣，只是候車大廳中的人潮更多、更擠、更亂，月台上人滿為患，拎著全副家當的旅客都在焦急等待，售票口前更是大排長龍，蜿蜒不見盡頭。幸好郭先生事先幫伊娜買好了車票。他們坐的是頭等車廂，可是那裡的情況也不見得好到哪兒去。火車已經停靠在月台上，但何時會開沒人知道。他們努力擠進了自己的車廂，郭先生把她的箱子放在行李網中，背包伊娜自己拿著。終於她和姆媽面對面站在車廂外的月台上，郭秘書留在車廂內，小心觀察著車外的狀況。

「姆媽……謝謝妳為我做的一切……。」

姆媽把伊娜緊緊擁在懷裡，親吻她的額頭和被淚水濡濕的雙頰。

「姆媽，妳先走，不要等火車開，也不要揮手。」伊娜知道那只會讓別離更難過。

「我勇敢的好孩子。」姆媽的聲音微微顫抖著。「上帝保佑妳……。」

馮．史坦尼茨太太拿起包包，頭也不回的離開車廂。她逆著人潮吃力的向外走去，伊娜目送著那高大的背影，花白的髮髻，漸漸消失在重重人群之中。

接下來的那段旅程，在伊娜的記憶裡，就像籠罩在一層灰濛濛的迷霧當中，看不清梗概也抓不住重心。她淚眼模糊的坐在郭先生對面，深深陷在自己的思緒當中。火車開動了，她似乎禮貌的和郭先生交談了幾句，但不知何時就又陷入了沉默。不同的城市，不同的景致，一一從窗外飛馳而過。這一次，就算是看著草原上放牧的牛群，也無法使她悲傷的心情輕鬆起來。

突然，火車在一片曠野中停了下來，是空襲警報！全體乘客必須立刻帶著行李離開車廂，到火車旁邊的空地上趴著。伊娜踉蹌的跟在郭先生後面離開火車，撲倒在初春新萌的草原上。一個轟炸中隊轟隆隆的從他們頭上飛過，接著從遠方傳來一陣陣爆炸聲。蕈狀雲霧不斷的從一處小樹林後方升起，伊娜忽然感覺，嘴裡好像又嘗到防空避難室中泥灰的味道。當然那只是幻覺，事實上她撲臥在一片青綠的草原上，遠方是一座森林，地平線上是連綿不斷的山丘，峰峰相連到天邊：如此美好的景致，卻被爆炸後的蕈狀雲霧和砲火轟炸過的硝煙破壞殆盡。

等一切平靜之後，旅客又回到車上。火車以蝸牛般的速度向前爬行，穿過了小樹林之後，突然又嘎然而止，不再前進。車窗一扇扇的被拉開，乘客紛紛探出頭來，想看看到底發生了什麼事。

伊娜的態度始終漠然，不管周遭發生了什麼事，好像都跟她無關似的。只有一次，就是當她在背包中找午餐麵包時，意外的在外袋裡發現了幾包氣泡粉，這才把她從渾渾噩噩當中拉回了現實。一定是珞特放進去的！有香車葉草、覆盆子和檸檬三種口味。對伊娜來說，現在氣泡粉的意義，遠遠超過提振精神的功能。她用指尖來回觸摸著那些小袋，一遍又一遍，然後再小心翼翼將珍貴的氣泡粉放回背包外袋。那種熟悉的、在舌尖跳躍的感覺，她要保留到不受打擾的時候，再慢慢享用。

不知道過了多久，在眾人焦躁不安的等待中，終於傳來了消息，原來前面的鐵道被炸毀了，火車無法繼續前進。接下來要怎麼辦呢？大家只好再次下車！

原本也焦慮不安的郭先生這時打聽到，他們目前位在德國最南部的阿爾圭區（Allgäu），離小城歐伯施陶芬（Oberstaufen）不遠，阿爾卑斯山已近在咫尺。他拎起伊娜的箱子，伊娜則背起背包，兩人加入了乘客自組的「健行隊」，開始步行邁進。幸運的是，在乘客當中有位熟悉當地地形的識途老馬，帶著大家跋涉兩個小時左右，終於抵達了歐伯施陶芬城。因為大多數人都希望還能再度搭上火車，所以大隊人馬就繼續往火車站方向前進。但是到車站後，唯一可以做的事，還是等待。車站大廳頓時變成了營房，大夥兒忙著搶位子，以防萬一要在這裡度過漫漫長夜。郭先生把筋疲力盡、凍得像根冰柱似的伊娜安置在候車室一角，讓她坐在自己的箱子上，等他打探最新消息。這時候天已黑了，伊娜擔心著：姆媽是否安全回到了布蘭登堡？在那漆黑、冰冷，沒有電也沒有暖氣的房子裡，不知道姆媽怎麼樣了？終於，郭先生又出現在成群等待的人潮中，他告訴伊娜今天不可能有火車開了。因為同盟國軍隊前進的速度非常快，明天會有什麼狀況，誰也無法確定。

伊娜的心和郭先生的一樣雪亮，她也會數一二三，所以她明白，當他們到達瑞士邊境，她那只有三天期限的出境許可將會過期。也就是說，又有新問題要面對了。

還有翰理，翰理會等她嗎？要怎麼樣才能聯絡得上他呢？眼前的問題一個接著一個，但伊娜已經在困境中學會，只要把眼前的那一步踏穩就好，還沒發生的事就不用多想。她把大衣的扣子一路扣到領口，豎高了領子，便去排隊領取毯子和熱茶。鎮上熱心的居民，甚至還準備了稀稀的熱湯分發給車站等候的旅客喝。

但真正讓伊娜從心底感到溫暖的，是當她聽到一位熱心幫忙的太太，用她那帶著濃重南方口音的方言，對同伴說：「瞧耶！還有一個中國女孩哪。」她雖然沒能完全聽懂那位太太的話，但聽到這句話讓她想起了胖胖的米勒太太，想起了她那一口親切和善的鄉音。而且伊娜還有一點得意的發現，她現在已經是個中國大女孩，不再是一個中國小女孩「le」！

接著大家就要準備就寢了。郭先生好不容易替伊娜在一張長凳上占到位子，伊娜可以用背包當枕頭，稍微躺著休息一下。他自己則睡在伊娜腳前的地上過夜。當夜靜更深，候車大廳裡鼾聲四起的時候，伊娜終於忍不住伸手到蜘蛛猴包的外袋中，搜尋著氣泡粉。吃覆盆子口味的吧，現在無所謂，在這兒反正不會有人檢查她的舌頭是什麼顏色。伊娜慢慢的、一小撮一小撮的，輕輕的舔著倒在手臂上的氣泡粉，靜靜享受著氣泡粉在舌尖跳躍的刺激感，最後在滿嘴的人工甘味中沉沉睡去。

當郭先生把伊娜搖醒，她一時之間根本不知道自己身在何處。茫茫然的坐直了身子，只感覺到全身骨頭都因為睡硬板凳的關係而隱隱作痛，頭髮也被壓得亂七八糟。這個時候頭髮不梳沒有關係，但廁所卻不能不上，即使人滿為患也非去不可。當她從廁所回來的時候，郭先生遞給她一杯大麥咖啡。啊！冒牌咖啡！這個名詞溫暖著她的心，就像手裡的錫杯溫暖著她凍僵的手指一樣。對她來說，這個詞沒有貶損之意，跟貧窮無關，和假冒就更無關，它代表的反而是這些年來許許多多美好的記憶。這帶著苦味的褐色飲料，讓她免於喝那可怕的熱牛奶；那聞起來像鍋巴的味道，總是讓她想起老家的劉媽。大麥咖啡，冒牌咖啡，代表的不是別的，是與姆媽每天共進早餐的溫馨回憶。

火車仍然沒有蹤影。時間緩慢的向前推移，已經接近中午了。乘客或打牌或打盹兒來消磨等待的時光。沒有人可以讓伊娜教怎麼玩猜拳遊戲，她的目光不斷望向車站的大壁鐘，兩根指針，正一步一顫的向前推進。郭先生試著找地方打電話，但怎麼打也無法與瑞士接通。

突然，火車站的擴音器爆出了一聲巨響，大家都豎起了耳朵。廣播說：「開往布雷根茨的火車在三號月台準備出發！」一瞬間整個車站都騷動了起來，郭先生馬上收拾好一切，並催著伊娜趕快行動。如果在平時，姆媽一定會要求先把毯子折好並歸回原處，但現在什麼都來不及做，伊娜跟在郭先生後面向驗票口衝過去。人人都在推擠、衝撞、拉扯。很幸運的，他們在車廂內搶到了位子，接著又是等待。火車終於起動了，但前進的速度極緩慢。伊娜已經失去了時間感，窗外雖然景象更迭，但她始終恍若未見。

突然窗外出現了一大片水景，伯頓湖（Bodensee）到了。德國海關人員在布雷根茨上了車，火車緩緩地繼續朝瑞士邊界的聖馬格雷滕（St. Margrethen）前進。郭先生伸手抓過他的公事包。突然，有人用力打開了車廂門——

「檢查護照！」一位腳踏高統馬靴，身著灰色軍服的海關人員大步走了進來，他檢查著伊娜的護照和出境許可。「妳想要離開德國嗎？陳小姐。」

「是的。」伊娜口中這麼回答，心中卻想著，其實她根本就不希望離開。

「但是妳的出境許可過期了，我們必須請妳馬上下車。」

正當伊娜結結巴巴想解釋為什麼會過期，還不都是因為復活節長假，布蘭登堡又遭到猛烈轟炸的關係！郭先生突然站起來，把她的箱子從行李網中取出。

「我們跟你們走，海關先生。」他簡短果決的回答。

在邊境檢查站中，伊娜的護照被仔細檢查了一遍，火車真的就這麼撇下他們，繼續朝瑞士方向開去。協商、溝通、電話聯繫，郭先生不斷和海關人員周旋著。在這次旅程中，如非必要，伊娜幾乎沒有跟郭先生說過什麼話。但現在她是如此慶幸能有這麼一位沉默寡言，但辦事卻極有效率的同胞一直陪在自己身邊。

最後，海關人員終於還是「喀喳」一聲，在伊娜的護照上蓋了章。那重重一聲打在護照上的聲音，直直透進了伊娜的骨髓。就這麼一個橡皮章，結束她在德國七年半的生活。

出境的問題剛解決，下一個問題又迫在眉睫——翰理在哪裡？伊娜的入境簽證在哪裡？沒有瑞士簽證，伊娜只能困坐在邊境檢查站中，進退不得。那些穿著高統馬靴、制服燙得筆挺的德國海關警察，已經表明無意再管閒事。對他們來說，伊娜．陳這個案子已經結束。問題是，他們既不准郭先生離開德國，也不准他打電話。所幸山人自有妙計。郭先生找到一位瑞士籍搬運工，請他幫忙，因為他有「特權」可以在瑞士和德國兩個車站間自由進出，搬運行李。郭先生跟他解釋當時的狀況，又給了他錢，請他從瑞士境內打電話到伯恩的中國大使館求救。伊娜只能眼巴巴的看著那位戴著帽子、熱心幫忙的搬運工漸漸走遠，最後消失在柵欄之後。她轉身回到海關檢查站中，靜靜的坐到郭先生旁邊的長凳子上。

「現在我們只能指望那位先生了。至於您堂哥何時才能從伯恩趕來，真的還很難說。」

這是郭先生客氣的講法。其實他的意思是，再不情願，他們也必須做好心理準備，可能要在檢查哨中長期抗戰，耐心等待，而且還不知道結果會如何。雖然這裡沒有人分送毯子，也沒有熱茶或熱湯可喝，但是這些根本不是問題所在，其實她水壺裡的水幾乎沒動過。時間過得異常緩慢。他們早就放棄了聊天，只是各自坐著，各自想著心事。

伊娜仍然維持著一貫的漠然。當初在船上，她曾對不可知的未來感到害怕，現在只覺得腦中一片渾沌。不論是即將要跟親人見面的事實，還是上路前珞特為她描繪的「瑞士巧克力堆積如山」的畫面，都不能使她沉重的心情輕鬆起來。

她再次伸手抓出一包氣泡粉，不是因為饑餓，而是渴望那讓人心安的感覺，想再次讓那種感覺在舌尖上跳躍起來。她顧不得郭先生或是那些討厭的海關人員，看見她從手背上舔食綠色粉末時會怎麼想了。

伊娜不知道他們在邊境檢查站中究竟坐了多久。現在回想起來，她甚至不記得他們是否就坐在那兒度過漫漫長夜？但有一幅景象卻始終鮮明的印在她腦海中：翰理出現在邊境柵欄的另一邊，一面揮著手一面向她跑來，他大衣的一角在風中飛揚著。這一切不是早就經歷過一次了嗎？

當伊娜回想過去

1955年｜台灣・台北

伊娜神思恍惚的將吃完的空瓷碗還給小吃攤的老闆。芝麻餡的湯圓是她熟悉的，花生餡的味道也不錯。對伊娜來說，一口咬進那白色香軟的湯圓皮，從中湧現了一波又一波塵封的回憶。在德國，要打開被關閉的東西時，不是都會說「芝麻開門」嗎！伊娜現在開啟的，正是一扇通往「過去」的大門。只是從這扇門湧現出來的記憶，並不都像湯圓的芝麻餡那般香甜美味。

在她身後排隊，等得不耐煩的顧客開始催促，讓伊娜猛然回到了現實。她站在攤子前面多久了？伊娜完全沒有概念，但看到小販充滿疑問且略帶責備的眼光，這位身材高挑，陷入沉思的中國女郎知道，她一定站得太久了。隨著人潮，她繼續朝下一個騎樓走去。

每一次伊娜回想過去，每一次都會覺得不可思議，自己怎麼會跑到中國東南方的小島上來？為什麼沒有回到大陸，也就是共產主義社會的中華人民共和國，反而登上了德國人稱為「福爾摩沙」的台灣小島，中華民國呢！

為什麼？是的，到底為什麼？

追究起來，又是因為戰爭。是另一場戰爭，害得她今天不能在上海老家那氣象萬千的黃浦外灘散步，而必須置身在騎樓林立，巷道狹窄的台北街頭。這場戰爭是中國的內戰，發生在由毛澤東領導的共產黨解放軍和由蔣介石帶領的國民政府軍之間。日本才剛剛投降，原本聯合抗日的陣線就應聲瓦解，國共合作再度變成了國共之戰，展開了雙方的奪權之爭。一九四九年十月，就在伊娜以「優等」成績通過了瑞士高校的會考之後，毛澤東在北京天安門前宣布：「中華人民共和國正式成立！」共產黨贏得內戰的勝利，戰敗的蔣介石則帶領國民政府退守台灣。不幸的是，伊娜的父親未能逃過這一劫。因為他曾經為「西方帝國主義分子」工作，所以中國解放以後，他就被下放勞改，兩年後在勞改營中病逝。當年上海火車站前一別，伊娜再也沒有見過父親，別離的情景深印在腦海：高大英挺，穿著白麻西裝的男士，對著向前疾駛的火車不斷的揮著手，而哭紅了眼睛的小女孩，正彎腰從車廂的窗戶向外張望。

幸好，還有幾位親戚跟隨著國民政府成功撤退到台灣。伊娜在瑞士時，就一直和他們保持著聯繫。等到歐洲終於有班機飛到台灣這個小島時，他們就為伊娜安排了回台返鄉之旅。好一段驚險刺激的旅程！伊娜必須先從瑞士蘇黎世飛到巴黎機場換機，但一個中國人，既沒有法國簽證，也沒有法國居留，如何能進入法國境內換機呢？而且這一次，沒有風衣飄揚的堂哥趕來及時救援了。

但伊娜勇敢迎向挑戰，一點兒也不為之卻步：當年連穿著長統黑靴，氣勢逼人的納粹警察，都沒能阻擋小女孩的腳步，現在這些多情浪漫的法國海關人員，又豈能奈何得了這位年輕的中國俏女郎！伊娜以流利的法語和迷人的笑容，成功說服了法國海關。於是一位警察，親自護送伊娜坐著計程車穿過市區，直抵巴黎另一端的國際機場。所有飛往歐洲以外國家的班機都得從那個機場起飛。伊娜下一班要搭乘的是飛往西貢的越南航空。這趟巴黎市區的觀光，和一般人想像中的可真是大不相同。

旅程的下一站西貢[1]，也不是個適合觀光的地方。雖然按照一九五四年日內瓦國際會議的協議，南北越畫線停戰，但那兒始終是個政治動亂的地方。飛機上一共只有五位乘客。北越游擊部隊經常突擊西貢，引發大小巷戰，如非必要，沒有人會造訪那裡。飛機越過尼斯和海法，中途因為引擎問題，在印度的加爾各答迫降。當伊娜輾轉抵達西貢時，比預期時間晚了很多。本來要轉飛往香港的那班飛機，早已不見蹤影。

西貢每星期只有一班飛機飛往香港，伊娜只好窩在旅館裡，耐心的等了整整五天，因為誰也沒有辦法擔保，離開了旅館會出什麼事情。一名年輕越南女子和伊娜同房間，她的先生被關在河內的戰俘營裡。伊娜不斷安慰那位每天以淚洗面的太太，那次停留絕對稱不上是愉快的經驗。

伊娜差點又錯過那班往香港的班機。從香港，她繼續飛往台北，飛到位於台灣的中華民國。想當然爾，她也沒有那兒的簽證。她從香港機場發了電報給台灣的親人，所以有人會在機場等她。

回到親人懷抱，意謂著伊娜又回到沒有語言的環境。兒時學的中文，伊娜已經完全忘記，剩下的幾句，也就僅足以買一碗甜食。就算當年瑪爾塔再努力教她，結果也大概如此。伊娜永遠忘不了機場發生的一幕，雖然荒謬可笑，卻讓她清楚意識到自己的處境。她在台北機場步下舷梯，一下子籠罩在亞熱帶夏日的濕熱之中，等候在那裡的海關人員，理所當然的用中文跟她交談。雖然可以猜到他所詢問的事，八成和她沒有中華民國的入境簽證有關，但伊娜一句話也聽不懂。她只能啞然遞出自己的護照，還有那封翰理事先刻意用有伯恩大使館標誌的信紙，替她寫好的說明文件。就在這時候，突然有位滿頭金色捲髮的女士，從機場大廳向著停機坪跑來，手裡一邊搖晃著一張紙，一邊用中文大聲

1 西貢為越南最大的城市，前越南共和國的首都。一九七五年越戰結束，北越統一了越南，西貢改名為胡志明市至今。

喊著：「她不會講中文！」

是啊，偏偏是金髮碧眼的瑪格麗特將她從尷尬的場面中解救出來。瑪格麗特是她的大堂嫂，大堂哥羅伯特當年也住過馮．史坦尼茨太太家，大學時念了造船工業，畢業後在北德大港羅斯拓克工作，最後帶著畢業證書和德國太太回到了台灣。現在他們和兩個小孩，一起住在台灣最北端的港口基隆。對伊娜來說，有這麼一位堂嫂真是最大的福分，瑪格麗特是唯一能真正了解她的人，不光是語言的關係，還因為她是伊娜可以傾吐一切感情的對象。當天氣熱到不能忍受；當思鄉情緒一再折磨著她；當逃跑意念揮之不去；當她絕望的面對始終搞不清楚的輩分關係，永遠也不知道該如何稱呼的遠房親戚；當公司的會計小姐將爬滿中文的稅務表格塞到她手裡，必須馬上填寫；當街上小販用那種「為什麼」的眼光看著她；她再也沒有力氣去解釋，為什麼她是一個不會說中文的中國人；當她像今天一樣，又有那種「我受不了了」的感覺占據心頭時……，她就去找瑪格麗特。

瑪格麗特就是瑪格麗特，不用多想她是大堂哥的太太而必須稱呼她為大堂嫂。像今天這樣的日子，伊娜毫不猶疑就坐上開往基隆的公車，到那永遠都在下雨、牆壁上總是長滿了綠黴、所有的機車都載著一把塑膠雨傘的港口去。

「妳怎麼受得了這一切，瑪格麗特？」伊娜初次造訪堂哥家時就提出了疑問，從他們家可以眺望整個基隆港。「這麼熱，這麼悶，還有這麼多噁心的蟑螂、白蟻、蚊子！」

伊娜什麼事都跟瑪格麗特講，包括她驚訝的，甚至應該說是驚慌的發現：台灣大多數的家庭竟然都沒有抽水馬桶，人們都是將夜壺裡的東西倒在大門外的木製便桶中，等到第二天早上再去清理。

「哈！伊娜，」瑪格麗特一邊搖著滿頭金髮，一邊笑著說：「剛開始的時候我也跟妳一樣。我還記得很清楚，當時心中的害怕和厭惡，真恨不得馬上掉頭就走。但人對環境都會習慣的。再說我又能怎麼樣？我有兩個『混血龍子』啊，總不能說走就走吧。而且對髒亂的容忍度，倒是養孩子很好的訓練方法。」

所謂的「混血龍子」是指她的兩個兒子，一個四歲，一個一歲。兩個都擁有媽媽的淺色眼珠和高挺鼻子，同時有著爸爸的黑髮和細細的單眼皮。他們的不同從長相就看得出來，伊娜想，這樣反而讓問題變得簡單多了。問題是，我的長相不管走到哪裡，都跟當地的語言不合啊！

說曹操曹操就到，兩個小傢伙一陣風似的跑了進來，熱烈的和伊娜打招呼；小的裂開大嘴向伊娜展示他的第一顆牙，大的則具體提出了願望：「伊娜姑姑，妳給我們做 Pfannkuchen 吃好嗎？」

孩子的語言混雜得一塌糊塗，伊娜聽起來卻非常受用。兩個小傢伙講的中文讓她覺得自然沒有壓力。他們的詞彙程度就像躲在她腦後一個小匣子中的記憶一樣，是屬於比在瑞士和德國還要久以前的記憶。「伊娜姑姑，給我們做雞蛋煎餅吃好嗎？」孩子是這麼說的。

到了台灣，伊娜又變成了銀娜，那個閃閃發著銀光的小女孩。每當伊娜捫心自問，我到底是誰時，她常感到茫然失措：我，究竟是生著中國面孔的德國伊娜，還是懷著德國想法和觀念的中國銀娜？

小侄子可完全沒有這樣的困惑。對兩個小男孩來說，伊娜是他們的中國姑姑，卻「德藝」高超，能將煎得金黃油亮的雞蛋餅拋向空中，並且再用煎鍋接住。當然，小傢伙口中的煎餅，可不是指在每個街角都買得到的那種現做蔥油餅，而是指在媽媽的老家德國，配蘋果泥一起吃的雞蛋煎餅。只是台灣沒有蘋果泥，所以他們就只好抹著黏糊糊的果醬來吃了。

一起吃過午飯後，伊娜更能體會瑪格麗特的提高「髒亂容忍度」是什麼意思了。當做母親的把兩個滿身沾滿果醬的兒子清洗乾淨並帶去午睡時，伊娜洗好了碗盤。然後她們泡了壺綠茶，一起在客廳的沙發上坐了下來。

「我想我大概是太德國化了。」伊娜遲疑的打開了話題。

「嗯？這要怎麼說呢？」瑪格麗特同樣有感而發，卻聰明的沒把話題接過去，因為她察覺到今天有人要將心裡的話一吐為快。

「奇怪的是，在瑞士時就是這樣了。那時我才剛從德國到瑞士，瑪爾塔和翰理就一直不停告訴我寄宿學校有多好，因為他們必須立刻把我送去寄讀。哎！怎麼說呢！當時也沒有別的辦法。他們兩個都要工作，翰理每天都得去大使館上班，瑪爾塔則要上課。妳知道的，她是一位多麼熱愛教學的老師。」

瑪格麗特沒有回答，只是點點頭，表示同意她對小姑的形容。

「我當時又年輕又傻，把寄宿學校想像得十分美好。我想既然叫『國際學校』，當然是很國際化了，我應該不會是唯一的『外國人』，不會再像以前那樣惹人注目，結果並非如此。我們學校雖然座落在山坡上，可以遠眺群山峻嶺，就像風景明信片上一樣漂亮，但其實情況糟糕透了，我很痛恨那個地方。學生各有各的母語，有的說法文，有的說義大利文，但對付起我來，突然就團結一致。因為對她們來說，我是德意志國人，是來自納粹的故鄉。她們用只有她們才聽得懂的瑞士德文聊天，罵我是『德國母豬』，說我是『半個德國人』。她們嘲笑我只會說標準德語，嘲笑我的準時，嘲笑我凡事都一絲不苟、整整齊齊，嘲笑所有姆媽當初教導我的東西。她們給我取了個外號叫『普魯士女人』。妳想想看，我一個中國人，她們竟然這樣叫我。」

瑪格麗特忍俊不住微笑了起來，體恤的用手臂圈住了伊娜的肩膀，這位二十五歲的女郎好像一下子又變成小孩似的，極需要呵護。

「換做是我，我也聽不懂瑞士德語啊！不過她們說妳是『半個德國人』倒也不是沒道理。妳和馮．史坦尼茨太太一起生活了那麼多年，真的很德國化了。所以我們才相處得這麼好啊！」

「妳說得也許對。我是到現在，重新跟我的同胞一起生活後，才發現我的確太德國化了。但不管怎麼樣，我那時候好想『家』，好想念布蘭登堡。」伊娜馬上就把「家」的定義釐清。「在德國大家都把瑞士形容得像天堂，有巧克力、牛奶和蜂蜜，房間裡的暖氣沒壞，有保暖的衣服和鞋子，反正所有德國因為打仗而毀壞或缺乏的東西，瑞士都有。但對我來說，沒有姆媽在身邊，光有巧克力又有什麼用？最糟糕的是，姆媽住在東德，是蘇聯占領區，我連信也不能寫給她。我父親那時在共產黨的勞改營內，跟他至少還可以透過『二十五字簡信』

保持聯絡。當我接到他的第一封回信時，最想做的就是馬上回中國找他，但他勸阻了我。他要我先把學業完成，並學會一技之長。我後來的學費都是瑪爾塔和翰理籌措的，父親不可能再寄錢給我了。後來我就接到通知，說他因為心臟衰竭而過世了。心臟衰竭？他還不到六十歲耶！」

伊娜將最後一句話說出口時，聲音已經變得沙啞。瑪格麗特急忙岔開傷感的話題，提出了另一個問題。

「妳從瑞士高校畢業，離開寄宿學校以後，繼續做了什麼呢？」

「我的畢業證書上寫著：『除了醫學系以外，准許進入任何科系就讀』。在瑞士，外國人基本上不可能學醫，那跟分數無關。就算准許我讀醫學系，又如何負擔得起學費！瑪爾塔和翰理為我做的已經夠多了。所以我去讀了一年商業學校，以便能盡快工作賺錢。我學會了如何接洽生意、速記、會計、打字這些很實用的東西，一直到現在都很有用。我起先還跟瑪爾塔及翰理住了一陣子，但後來翰理調走了，瑪爾塔也結婚了，我就搬到一間附家具的單人房。我的房東太太就跟瑪爾塔當初住在柏林時的那位一樣吝嗇，一樣小氣，總是用懷疑的眼光瞅著我，似乎是在說：『一個中國人……，卻說著一口標準德語？』」

「那馮．史坦尼茨太太呢？還有她的消息嗎？」

「有，幸好她在漢堡的親戚後來跟她聯絡上，所以我就透過這個管道給她寫信並寄包裹給她。在第一個包裹裡，我寄了一雙又厚又暖的家居鞋。我想像得到她在沒有暖氣的房子裡受凍的樣子。但妳知道她在回信上怎麼寫嗎？」

瑪格麗特聳聳肩，詢問的看著伊娜。

「她說，難道我認為她會穿著拖鞋在房間裡走來走去嗎？她即使是在家裡，也得穿得整整齊齊的才行啊！」

「馮·史坦尼茨太太就是那樣，堅持保有軍官遺孀的樣子。但她心底一定還是很高興的，只是不表現出來罷了。我跟羅伯特一起去看過她一次，知道她的為人。」

「我也知道她很高興。我們後來一直保持書信往返，但妳也知道，一封信從台灣寄到那兒，需要好久！」

就是這樣的談心時刻，讓伊娜格外珍惜每次到基隆的拜訪。在如此遙遠的東方，竟然也有人認識姆媽，當談及這位住在聖裴堤二號三樓的老太太，即使一個人在家，身上也一定穿著正式的毛料套裝，腳上一定穿著「規規矩矩」的皮鞋時，對方馬上就能了解是怎麼回事。那種默契，真是筆墨難以形容。

想逃跑的念頭，伊娜並不打算告訴這位從德國嫁過來的親戚。就算說了，瑪格麗特又能給她什麼建議？她剛來的時候，一定也經歷過類似的階段，只想要一走了之，雖然沒有那麼容易。有時候，伊娜就是想要離開這座與她無關的小島。問題是能去哪裡呢？她一點也不想回瑞士，要回就是回她所熟悉的德國。可是，布蘭登堡現在屬於東德，想回也回不去。德國現在和中國一樣，變成了兩個國家，施行兩種主義。那麼，也許去西柏林，到英、法、美三國同盟的占領區去，就像當年在上海一樣？還是去漢堡？那兒從以前就一直是國際大港。但這兩座城市在第二次世界大戰的時候都被炸毀了，在那兒她也不認識任何人。所以柏林或漢堡的日子，不會比這亞熱帶的台北好到哪兒去，伊娜暗自思量著。但是，在德國至少不會那麼熱、那麼濕、那麼髒、那麼亂啊！一想到這兒，屬於「德國」的那一面馬上又激動了起來，還有，就算沒有親人，在柏林或漢堡也不會那麼有口難言，不會那麼陌生。

「妳周末來嗎？我們可以一起帶孩子到海邊去玩。」瑪格麗特打斷了伊娜的思緒。她剛剛進臥室去看孩子，手中抱著睡眼惺忪的弟弟出來，該換尿布了。過一會兒哥哥也會醒來，她們午間短暫的談心時間也就結束了。

「還不知道，」伊娜沒有直接回答。「我和一位同事約好了要見面。」

瑪格麗特面帶探詢的挑高了眉毛。這可是頭一遭！好的開始！於是她把原來要問的問題和想說的話都吞了回去。

伊娜趕緊告辭出門，驚訝剛剛竟能輕鬆自然的就撒了謊。所謂的同事，其實是個歷史系的大學生，是伊娜最近在三表哥的婚禮上認識的。那是一個出盡洋相的下午。在婚禮上，她被介紹給無數的遠房親戚，有的人根本八竿子打不著關係。這些親戚全都聽說了她這號人物，也知道她精采的經歷，只有她對自己的故事，說不清楚講不明白。交談在新鮮勁兒過了之後，很快就歸於平靜。畢竟，要和從德國回來、說得一口破中文、四聲總是亂七八糟的親戚長時間聊天，是很累人的。最後，伊娜終於被介紹給那位年輕人，他家和表哥家是世交，他顯然馬上就察覺到伊娜的窘境，改用流利的英語和她交談。年輕人是台灣大學的學生，即將畢業，他因為學習當代歷史，對伊娜所描述的歐洲狀況，不管是戰時還是戰後，都很感興趣。他對那段歷史相當熟悉，問的問題都頗具深度，伊娜雖然只是講述自己的經歷，但他一聽就馬上知道她在說什麼。自從踏上小島以來，伊娜第一次覺得受到認真的對待，得到真正的理解。從認識到現在，他們已經在那對新婚夫婦家碰過幾次面，這星期六是兩人第一次單獨見面：下午兩點，在台大校園，在圖書館的閱覽室前。

要是能不那麼熱就好了，伊娜一邊想一邊拭去額頭上的汗珠，由於濕度過高，額前馬上又冒出了新汗珠。她正要前往赴約，可不想在襯衫上留下汗漬。適逢周末，市場周圍的騎樓下，人潮洶湧，攤販雲集。前來購買蔬菜、水果的人，個個手上提著大包小包，滿載而歸。台北的房子大部分都是兩層樓，底下一層是店鋪和有遮棚的騎樓，即使是颱風天或是夏日遇到午後雷陣雨，買東西的顧客也不怕被雨淋濕。至於二樓，一般來說是住家。

伊娜穿過了腳踏車和三輪車來往頻繁的馬路，慢慢朝台大校門走去。石砌的校園大門連接著門房的小屋，看起來就像座堡壘。堡壘後面是筆直的大道，夾道整齊地種著高聳的椰子樹。一排排校舍散置在校園內。這所日本人在一九二八年建立的「台北帝國大學」，現在已改名為國立台灣大學。日本統治台灣五十年，在台北隨處可見日本人當年留下的痕跡。像火車站、政府機關、大學等公共建設，都是典型的日式風格：紅磚、雕花白牆，加上許多西方建築的特色，譬如圓柱和拱門等。

左手邊是雄偉的圖書館大樓。樓前是圓柱式迴廊，在布蘭登堡的教堂前面，可能都會有這麼一個迴廊。當然，那是真正的羅馬式建築，而不是日式的仿冒建築；對於西洋建築已經沒有什麼可以騙得了伊娜，但藝術史並不是她現在關心的問題。她的掌心微濕，並不只是因為天氣熱的緣故。幸好這兒的人打招呼，並不一定需要握手。

別神經了，她提醒自己，你們見過很多次面了。但今天就是不太一樣，今天是兩人特意約好，單獨見面。伊娜又深深吸了口氣，然後走進陰涼的樓梯間。

守時是她在德國養成的美德，她當然又到得太早。但沒關係，這樣正好可以喘口氣。伊娜享受著大樓內那份寧靜的，幾乎可說是莊嚴肅穆的氣氛，同時一步步慢慢走上寬闊的階梯。

置身前廳，她從大門外向閱覽室裡頭望了一眼，每個座位上都有盞罩著綠燈罩的桌燈。對面牆上則是挑高的玻璃窗，窗外是種滿熱帶闊葉林的天井。室外茂盛的植物加上室內綠色的照明，讓整個閱覽空間顯得虛幻不實。讀者可以經年累月的悠游在這閃著綠光的知識水族館中，渾然不知窗外的叢林，早已綠蔭遮天。

閱覽室內坐滿低頭看書和雜誌的大學生，伊娜知道，再過一會兒，這些大學生當中就會有一個人抬起頭來，看看掛在牆上的大壁鐘，然後闔上書，微笑的向她走來……。也許……也許伊娜會決定再堅持一下，繼續留在這小島上吧！

與銀娜的邂逅——作者的話

洪素珊（Susanne Hornfeck）

一九八九年秋天，我第一次穿過台灣大學那座彷彿堡壘一樣的大門，進入了美麗的校園。跟銀娜一樣，我也對校園內寬闊氣派的椰林大道，留下了深刻的印象。由於不習慣亞熱帶潮濕悶熱的氣候，我不停擦拭著從額頭上流下的汗珠。那年我是德國學術交流總署（DAAD）派到台灣的客座講師，準備在台灣大學外文系教授五年的德國語言和德國文學。當時的外文系，座落在一棟雕花白牆的紅磚建築內，位於台大校本部校園的正中心。

雖然我在德國學的是漢學，在到台灣這個文化背景截然不同的地方之前，也事先做好了心理準備，但在剛到台灣的最初幾個星期裡，還是感到非常的焦慮與不安。尤其是語言的問題，由於中文沒有音標，也沒有發音規則，光看文字本身，很難掌握正確的發音。所以對很多外國漢學家來說，或許他們可以閱讀中文書籍，甚至做專業的學術研究，但要開口說中文，卻常常是「有口難言」。雖然他們都學了很多年的中國語言，但是首次置身於只能說中文的大環境中，一開始能聽懂的實在不多，能表達的也相當有限。學校課本裡所教的詞彙，到了實際生活中，大半都無法使用，真是典型的「實際與理論不相符」，對這些漢學家來說，確實是夠震驚的。我呢，也就是這樣半聾半啞的來到了台灣。我比較占優勢的地方是，至少外表看起來我是個外國人，所以這裡的人一開始都以為我不會說中文，後來他們發現我居然可以用中文溝通的時候，大家反而覺得特別高興。

接著是有關住宿的安排。學校分配給我們的一棟老房子，就座落在校區的一角。小橋流水，綠樹參天，我和我的先生在想，接下來的這五年，應該是過著恬靜的田園生活。但是，要到哪裡去找合適的變壓器，才能使用從德國帶來的電器呢？什麼地方可以買到類似德國口味的黑麵包來一解鄉愁呢？萬一補好的牙齒突然掉了，應該去找哪一位牙醫比較好？天花板上老鼠作亂，要如何才能平定鼠患呢？每天的生活裡，都有層出不窮大大小小的問題。幸好我找到一個「諮詢中心」，這個「諮詢中心」總是能提供我滿意的答案。她是我在外文系的一位女同事，人非常友善，一開始，她就特別引起了我的注意，一口標準的德語，不帶一點兒外國口音。只有德語是母語的人，才有可能說得這麼流利，但她卻是個中國人啊！

當這位同事發現我經常會陷入窘境時，立即對我伸出了援手，「我很了解這種情況，」她對我說，「如果妳需要任何幫助，就打這個電話給我。」說完，她就把家裡的電話號碼給了我。對她那句「我很了解這種情況」，當時我並沒有多問，但對她所伸出的友誼之手，卻立刻欣然接受，而且連續請她幫了不少忙。

搬到台北後沒幾個星期，她打了一通電話來邀請我到她家去喝下午茶——非常不中國式的作法。於是，我捧著一束花——同樣也是非常不中國式的送法——站在一棟竹林環繞的老房子前，按了電鈴。門在一陣凶猛的狗叫聲中打開，和善的女主人領著我走進客廳，客廳的桌子上已擺好了全套的午茶用具。那是一棟用深色檜木建造的房子，屋內到處可見精緻的木雕和格狀的窗飾，唯整棟屋子已有點兒搖搖欲墜，岌岌可危。「小心，別踩到那個角落，那塊地板已經被白蟻蛀空了。」女主人向我提出警告。

這也是此次茶敘邀約的原因：因為這幢老得可以進博物館的日式舊宅，即將在幾星期後拆除。由於白蟻猖狂，颱風肆虐，整棟建築的結構已遭破壞，無法再做整修。這座鋪著琉璃磚瓦，隱身在高牆、竹林之後的古董老宅，不久就要改建成一棟現代化的六層公寓。等到新屋竣工，原屋主會再遷回新宅的一樓。現在大部分的東西都已打包裝箱了，改建期間，同事全家將暫時住到一棟租用的公寓內。「我希望能在這棟老房子拆除之前，請您過來坐坐。」同事這麼對我說。

在我們熱絡愉快的午茶談話中，我終於鼓起勇氣問了那個困擾我多時的問題：「請問，您是在哪裡學得這麼一口標準的德語啊？」

於是，她約略告訴了我，關於她七歲赴德，在布蘭登堡長大的故事。從一個舊餅乾盒中，她拿出許多泛黃的照片，有她當初搭乘沙恩霍斯特號郵輪到歐洲去時拍攝的，也有她在布蘭登堡上學時的留影。眼前這位替我倒咖啡的女士，氣質高雅，身材窈窕，很難想像她就是照片上那個剪著妹妹頭的小女孩兒。照片當中有一張讓我印象特別深刻：就是七歲的她坐在遠洋郵輪的甲板上，毫無懼色地望向那不可預知的未來。寄住在老宅中的白蟻，並沒有特別優待這些照片，所幸在其他照片百孔千瘡的命運中，這張照片還算完整的保存了下來，成了本書的封面。（編按：德文原版以及二〇一〇年初版中文版的封面都用了這張照片作為主視覺，二〇一八年的新版請見封底折口。）

後來我們還經常碰面，也經常聚在一塊兒聊天；我們不僅是同事，也變成了好朋友。除了受她照顧，她的家人也都熱情友善的接待我們，五年客居異鄉的日子，因為有他們的陪伴，而顯得更加充實。一九九四年返德前夕，我們又見了一次面，這次是在已經蓋好的新公寓裡，新公寓依然被老竹林環繞著。那天晚上，其實是有颱風要來，但我們不想錯過和好友最後話別的機會，所以依約前往。當我們聊完告辭出來的時候，外面已是風雨交加，情況相當不妙。幸運的是，我們叫到了一輛計程車，當我們一路驚險萬狀的回到家時，才發現已經停電了。院裡的樹和電線桿被吹得七歪八倒，水則一直不停的往上淹。我們整夜沒睡，忙著到處搶救，把所有已經打包好的紙箱搬開，免得被屋頂的漏雨及不斷漫進來的積水弄濕。最後，怒吼的強風乾脆把我們廚房加蓋的屋頂也給掀掉了。五年幸福快樂的時光，在狂風暴雨中畫下了終身難忘的句點。

再次回到德國，回到自己的家鄉，我同樣感受到第二次的文化衝擊；那幾年在國外生活的寶貴經驗，隨著時間正慢慢地在消化。我愈來愈確定，我要把那位台大同事的故事寫出來，當然她既不姓陳也不叫銀娜。親身經歷過什麼叫做「身在異鄉為異客」，如今我更能體會那個小女孩和那位年輕女郎的心情，在當初適應新生活的時候，曾經面對過多少困境，克服過多少困難，尤其是在生活條件極差的第二次世界大戰期間。我親身的經驗告訴我，要在一個全然不同的文化中生活是多麼不容易，但同時也是多麼難得且豐富的人生經驗。當然，這有個先決條件，就是在異國要能碰到心胸寬闊，熱情又願意伸出友誼之手的朋友。

後來，我寫信給我的同事，提出了想把她的成長經驗，寫成一本書的計畫，她同意了。於是，若干年後，我再度造訪了台北。我們兩人並肩坐在被竹林環繞的客廳中，長談了好幾個下午，她告訴了我很多當年的故事。當然，要寫一本以納粹德國為時代背景的書，不可能不提及當時的生活狀況和政治環境，所以我在圖書館及檔案館中查閱了很多歷史資料；而關於戰時的日常生活細節，則是陸續從與家母的談話中知道的。我想要強調的是，這只是一本小說，並不是一本傳記。小說的內容雖然是以我這位同事的故事為梗概，但它同時也是屬於小伊娜的故事，整個故事在我腦海中經過長時間的醞釀、蛻變，才漸漸完成的。我衷心感謝我的同事台大外文系的蕭亞麟教授，給了我書中的主角人物一個如此鮮活的形象，並且無私地與我分享了她真實的成長歷程。她是我寫這本書時特別要感謝的人。現在中文版由她的女兒執筆翻譯，而她的女兒又曾是我的學生，這層關係讓我們之間的中德友誼更戲劇化的擴展開來。

二〇一〇年一月於德國石烈湖

大時代的「小」故事——譯者的話

馬佑真

翻譯這本書是一次很特別的經驗：特別愉快，特別深刻，特別有「使命」感，也特別有壓力；因為我不僅和作者熟識，我和故事的主角也熟識，我甚至和書中大多數的人物都熟識！他們不僅是故事中的翰理、美華和姆媽，他們也是我記憶中的大舅、八姨和德國外婆；她們除了是小說中的瑪格麗特、珞特和伊娜外，她們也是我生活中的三舅母、德國的莉蘿姨和我親愛的母親。這大半年以來，我利用課餘時間，一邊翻譯著小銀娜的故事，一邊會不時回憶起與這些長輩相關的陳年往事；我一邊感嘆著，在那個戰亂的大時代，幾乎每個人都有一個生離死別的「小」故事，一邊感謝著，我們這一代何其幸運，都能在平安中長大，不受戰爭之苦，不用顛沛流離。

「我們當初打仗的時候……」是母親在管教我們時，最常使用的開場白，當然，她指的是第二次世界大戰時的納粹德國；「這要是讓你們外婆看到的話……」是母親在縱容我們的時候，經常對我們講的話，當然，她指的是那位嚴格的德國外婆「姆媽」。小時候聽母親講她在歐洲長大的故事，覺得簡直就像電影的情節一樣：七歲從十里洋場的上海，隻身跑到德國鄉下的小城布蘭登堡，十五歲又從戰火連天的德國，逃到「巧克力堆積如山」但卻極度仇視納粹的瑞士，二十五歲竟然從人間仙境般的瑞士，回到當時五〇年代什麼都還很落後的台灣！以前只覺得，母親的經歷真是驚險刺激，讓人羨慕啊！直到自己長大了，出國了，有了在國外生活及學習的經驗，才漸漸體會到，母親當年成長的歷程，其實有多艱辛，多不容易！她老人家向來不怕困難，凡事樂觀，勇於嘗試，有一股所謂的「傻勁兒」，想來都是從小被環境訓練出來的吧！我們姊妹常說，母親的故事這麼精采，應該要把它寫成小說才對，感謝洪素珊老師的用心和巧筆，真的把母親的故事寫出來了！

誠如作者在結語中所言，《銀娜的旅程》不是一本傳記，而是一本小說。書中的人物有真實的，也有杜撰的，基本上都經過作者的重新編排；故事的情節也有真實的，也有特意安排的。其中特意安排的部分很多，因為作者希望德國的讀者，能藉此認識中國的文化、習俗及語言特色等等。所以，原文中常有一些對德文讀者十分必要，但對中文讀者卻嫌多餘的介紹，凡遇此類文字，譯者均斟酌予以刪減或刪除，以求譯文流暢。相對的，原文中亦有一些對德國讀者無需解釋之日常事物，但對國內讀者來說，卻屬陌生，凡遇此類狀況，譯者都盡量將「解釋之文字」或「說明之例子」直接譯成中文，減少一再作註，以利閱讀。

翻譯工作順利完成，首先要感謝作者給予譯者最大的「揮灑空間」，讓譯者在翻譯過程中，能完全按照自己的思路，處理上述所謂「刪減」及「增補」原文的工作。再來要感謝的是周全先生，他是家母當年在台大的高足，專治德國近代史，不管我在翻譯上有任何疑難雜症，他總是能給我最迅速確實的回答。最後要感謝的，是我的大姊馬佑敏，她不僅是我的「頭號讀者」，更是我的校對兼潤稿，常常不顧德國與美國之間的時差，犧牲睡眠與我越洋連線，共同討論譯文。

一九八九年十一月柏林圍牆倒塌，一九九〇年十月兩德統一，東德開放，一九九六年九月，我陪母親踏上了「返鄉」之路。自從一九四五年離開她的小城後，母親就再也沒有回過布蘭登堡，再也沒有見過「姆媽」。這中間相隔的日子，是整整五十一個年頭！一九九六，也就是在那一年，我看到了布蘭登堡的大教堂，看到了城堡大院，看到了教堂小學；可惜位在聖裴堤路上的老房子已被改建，無緣得見，但在友人的協助下，我們找到了「姆媽」位在柏林郊區墓園內的墓。母親帶去了一束玫瑰，是「姆媽」最喜歡的花。當我們把墳墓四周整理清掃完畢，一起靜靜的站在墓碑前時，母親只對我說了一句話：「這是你們的外婆。」我挽緊了當時頭髮已花白的母親，有點兒心疼的看著她，她的臉上很平靜，嘴角帶著一抹淡淡的微笑。我知道，母親心中原本可能有的遺憾或牽掛，現在都了了。

今年適逢家母八十大壽，她老人家的生日雖然至今依舊是個謎，但全家仍決定按照慣例，在四月為她慶生。感謝左岸文化全力支持，感謝黃秀如總編輯費心策畫，讓《銀娜的旅程》一書能配合家母的壽辰出版。最後，謹以此書恭祝我親愛的母親，身體健康，福壽雙全。

二〇一〇年二月於德國維爾茨堡

大事年表

一九〇〇

● 義和團事變：由於歐洲列強在中國的勢力愈來愈大，民間仇外的情緒也隨之愈來愈高。一九〇〇年夏天，義和團各地的拳民群起抗爭，包圍北京使館區，德國駐華公使克林德（Klemens Freiherr von Ketteler, 1853-1900）因此遇害。於是西方強權組織了聯合軍隊進攻北京，其中也包括了德國的部隊。德皇威廉二世（Kaiser Wilhelm II.）在布萊梅港對即將遠征的德國軍人做了一番行前訓示，要其嚴懲中國，絕不留情，即為有名的《匈奴演說》（*Hunnenrede*）。第一次世界大戰期間，英國人貶稱德國人為「匈奴」，即由此而來。

一九一四－一八

● 第一次世界大戰爆發。

一九三一—三二

●日本在中國東北扶植滿州國成立。上海第一次遭到猛烈轟炸。

一九三三

●一月三十日，德意志國總統興登堡（Paul von Hindenburg）任命希特勒為德國總理。三月二十三日，國會投票通過所謂的《授權法》（*Ermächtigungsgesetz*），使政府有權不經國會同意，就可逕自頒布法律。

一九三四

●八月二日，德意志國總統興登堡過世，希特勒於當日即自立為繼任者，變成德國的「總統兼總理」，成為第三帝國唯一真正擁有實權的「元首」（Führer）。

一九三七

●七月七日，蘆溝橋事變，中國全面展開抗日戰爭。日本軍不斷向南侵略，十二月占領南京，數十萬中國百姓慘遭日軍荼毒，是為「南京大屠殺」。

一九三八

● 三月十二日，德國軍隊進入奧地利，將其併吞。奧地利成為德國的一部分。

● 德國對猶太人的限制和刁難日益嚴重，一名在法國的猶太裔德國人，於十一月七日在巴黎暗殺德國駐巴黎大使館的秘書馮．拉德（von Rath）。十一月九日至十日的凌晨，納粹有組織的發動了全面砸毀猶太人商店的行動，是謂「帝國水晶之夜」（Reichskristallnacht）。但該事件不只是砸壞玻璃櫥窗而已，還有上千座猶太教堂遭到焚燬，上萬名猶太人被逮捕，甚至被殺害。現在西方人說起該事件，都會使用俄文中的「pogrom」一字，也就是對某一種族進行「屠殺」、「滅絕」之意。

● 為了賠償當晚暴行造成的損失，德國猶太人必須集體負擔十億帝國馬克的罰金。所造成的損害，猶太人都必須自掏腰包清理善後。

● 自一九三八年十一月十五日起，猶太小孩不准再去德國學校上課。

● 「水晶之夜」是首次有組織且公開的對德國猶太百姓進行迫害。此後，猶太人便展開了一波波移民潮。許多西方民主國家因此嚴格修訂原先的移民辦法，除了要求財產證明之外，並施行移民配額制度。只有逃到上海的難民，一直不需要任何簽證或身分。從一九三八年三月到一九三九年年底，估計有將近一萬七千多名原本不知何去何從的德國及奧地利猶太人，流亡到了上海。他們自一九三九年起，在日本人統治下的虹口區生活，但沒有遭到任何迫害。

●中國在這段期間分為三派勢力：大日本帝國在東北扶植了一個傀儡政府「滿州國」；國民政府軍事委員會委員長及國民黨領導人蔣介石在南京大屠殺之後，將政權由南京西移至長江沿岸的重慶；毛澤東及其共產黨員則在經過兩年的「萬里長征」之後，落腳在大西北的延安。

一九三九

●九月一日，希特勒宣稱波蘭出兵攻擊德國的格萊維茨（Gleiwitz）廣播電台，所以德國軍隊也正式開砲反擊。法國與英國於是在九月三日對德意志國宣戰。第二次世界大戰歐洲戰場於焉展開。

一九四〇

●九月二十七日，德意志國、義大利和日本在柏林簽定《三國公約》，確立共同目標：在法西斯主義之下於歐洲建立「新秩序」，於亞洲建立「大東亞共榮圈」，並協力共同維持。這個軍事集團的成員被稱為「軸心國」。

一九四一

● 在德國，猶太人必須從九月一日起佩戴黃色六芒星號，標示自己為猶太人。
● 十二月七日，日本偷襲美國在夏威夷的海軍基地珍珠港，炸沉了美軍部分太平洋艦隊。四天後，與日本結盟的德意志國也正式對美國宣戰。蔣介石和他所領導的中國重慶政府，遂也不得不向德意志國宣戰，自此歐洲戰場和太平洋戰場合而為一，二十世紀的第二次「世界大戰」正式展開。

一九四二

● 英國空軍對德國不再只是零星的攻擊，而是進行全面轟炸。三月，北德的呂北克首當其衝，遭受猛烈空襲，共有三百二十人死亡，七百八十五人受傷。
● 德國軍隊遠征蘇聯，原本在高射砲部隊駐防的士兵，全都被調去前線作戰。於是在校的學生和學徒，都被徵召擔任高射砲助手。自一九四三年一月起，所有年滿十七歲的青年，都要進入高射砲隊服役。

一九四三

●希特勒視為「德俄戰役勝利象徵」的蘇聯軍事重鎮史達林格勒，在一月底失守。二十八萬四千餘名在該城遭到封鎖、圍困的德國士兵，大約有十四萬六千餘人陣亡，一萬四千餘人失蹤，九萬餘人被俘虜，成為俄國的階下囚。這場戰役是歐戰的一個轉捩點，但德國宣傳部長約瑟夫．戈培爾（Joseph Goebbels, 1897-1945）卻利用這次慘敗號召全國做最後一次總動員。他在柏林體育宮發表了一場極具煽動力的演講，號召全民要打一場「總體戰」。

●十一月十八日到十二月三日，柏林遭到英國空軍猛烈的轟炸。兩萬七千人死亡，二十五萬人流離失所。

●七月十日，第一批同盟國軍隊在西西里島及義大利最南端登陸。

●所有居住在上海和北京的外國人——除了同為軸心國成員的德國人以外——都被日本人關進了集中營。當時在上海居住的猶太人也必須在集中營內生活，因為日本支持納粹德國的反猶太政策。

一九四四

●六月六日，盟軍登陸諾曼地（D-Day），對德國的轟炸日益加劇。蘇聯進行反攻，許多當初被德國占領的城市，再度被紅軍收復。東戰線崩潰，第一波難民潮與運送傷患的部隊開始湧入德國。

● 日軍於春天展開「一號作戰」計畫，不斷向中國西部挺進，直逼重慶，沿途炸毀許多機場及工業設施。蔣介石及其盟友美國必須一路向西撤退。

一九四五

● 自二月起，同盟國西線軍隊逼近德國境內。

● 四月三十日，希特勒在柏林自殺。

● 五月七日，德國國防軍最高統帥部作戰廳長阿爾弗雷德・約德爾上將（Alfred Jodl）代表德國在盟軍總部蘭斯（Reims）簽署無條件投降書。

● 八月六日，美國在日本廣島投下第一枚原子彈，造成九萬兩千餘人死亡，三萬七千餘人受傷；九日再於長崎投下第二枚原子彈，造成四萬餘人死亡，六萬餘人受傷，結束了太平洋戰爭。八月十五日，日本天皇向其軍隊宣布：全面停火，無條件投降。

● 日本自中國撤軍後，由蔣介石所領導的國民政府重返首都南京。不久之後，抗日期間達成的「國共合作」破裂，國民黨與共產黨之間的戰爭再度展開。

一九四九

●戰敗後德國被一分為二，成為東、西兩個德國，施行共產和民主兩種制度。在蘇聯占領區內建立的是「德意志民主共和國」（Deutsche Demokratische Republik），簡稱東德（DDR）；在英、法、美三強統治區內成立的是「德意志聯邦共和國」（Bundesrepublik Deutschland），簡稱西德（BRD）。原首都柏林也被一分為二：東柏林成為東德的首都；被孤立在東德境內的西柏林，則到一九八九年柏林圍牆倒塌之前，一直都在西方三強的管轄之下。

●國共內戰從一九四六年一直打到一九四九年，最後由中國共產黨贏得勝利。十月一日，毛澤東在天安門前正式宣布：「中華人民共和國」成立。蔣介石兵敗，帶著他的部隊及追隨者撤退至台灣。台灣自一八九五到一九四五年為日本人所統治。蔣氏承襲孫中山於一九一一年在大陸所創建的民主制度，在台灣建立了「中華民國」。

左岸文學　274
認同三部曲———1

銀娜的旅程

Ina aus China
oder Was hat schon Platz in einem Koffer

作　　者　洪素珊（Susanne Hornfeck）
譯　　者　馬佑真
封面繪圖　賀艮得（Günter Hornfeck）
總 編 輯　黃秀如
行銷企劃　蔡竣宇

社　　長　郭重興
發行人暨出版總監　曾大福
出　　版　左岸文化
發　　行　遠足文化事業股份有限公司
　　　　　231新北市新店區民權路108-2號9樓
電　　話　(02) 2218-1417
傳　　真　(02) 2218-8057
客服專線　0800-221-029
E-Mail　rivegauche2002@gmail.com
左岸臉書　facebook.com/RiveGauchePublishingHouse
法律顧問　華洋法律事務所　蘇文生律師
印　　刷　成陽印刷股份有限公司

初　　版　2010年4月
二版一刷　2018年7月

定　　價　350元
I S B N　978-986-5727-74-1
歡迎團體訂購，另有優惠，請洽業務部，(02) 2218-1417分機1124、1135

銀娜的旅程（認同三部曲1）／
洪素珊（Susanne Hornfeck）著；馬佑真譯
.－二版.－新北市：左岸文化出版；
遠足文化發行，2018.7
　面；　公分.－(左岸文學；274)
譯自：Ina aus China
ISBN 978-986-5727-74-1（平裝）

875.57　　　　107010354

銀娜，七歲，在公海上。

在敵對的雙方之間，卻發生了真摯的友誼。
一位中國小女孩飄洋過海，她踏上的每一片土地都成為遠方。
戰火與憤恨燃燒的年代，陌生的人們接納她、眷顧她、也改變她。

這是一段改編自真人實事的故事。

1937年中日戰爭爆發，七歲的陳銀娜從上海飄洋過海來到德國，寄養在馮．史坦尼茨太太家。

陳家與馮．史坦尼茨家的友誼可追溯至1900年的義和團事變。

因著當年的友誼，銀娜得以到德國小城布蘭登堡躲避日禍。

但抵達不久，戰爭再度威脅到銀娜的生活，希特勒揮軍波蘭，掀起第二次世界大戰。

銀娜密切關注著戰局，卻意外發現：侵略她祖國的日本，如今成為第二家鄉德國的同盟；

而她遭到納粹迫害的猶太朋友，則選擇逃往中國。逐漸長大的銀娜終於明白，

在個人生活中的「朋友」、「敵人」和「家鄉」，有時竟和大環境所定義的如此不同。

戰爭結束一段時間後，銀娜從歐洲來到台灣，一個她感覺很熟悉但又很陌生的國度。

接下來，她又將展開什麼樣的人生呢？

Ina aus China

oder Was hat schon Platz in einem Koffer

9 789865 727741 00350

讀書共和國 BOOK REPUBLIC www.bookrep.com.tw

ISBN 978-986-5727-74-1 0GGK0274 NTD350